Camilo José Cela
Pascual Duartes Familie

Serie Piper
Band 1056

Zu diesem Buch

Kurz vor seiner Hinrichtung schreibt Pascual Duarte seine Lebenserinnerungen nieder. Mit radikaler Offenheit, ohne Reue und Schuldgefühl, schildert er, wie er seine Verbrechen vorbereitet und durchgeführt hat. Duartes Leben glich dem eines gehetzten Tieres: Ständig war er auf der Flucht vor sich selbst und den anderen. Entweder aus zügelloser Leidenschaft oder aus der Überzeugung, daß die Gesellschaft nicht imstande sei, seine Rechte zu verteidigen, verübte er eine grauenhafte Gewalttat nach der anderen. So hatte er seine spätere Frau auf dem frischen Grab seines Bruders vergewaltigt und um der Familienehre willen seine eigene Mutter, eine notorische Trinkerin, ermordet.

Mit diesem Roman attackierte Cela 1942 in bis dahin ungekannter Drastik die erstarrte und saturierte bürgerliche Gesellschaft Spaniens. Die Gestalt des Mörders und der brutale Realismus, mit dem er das Lebensbild Duartes zeichnet, machten diesen Roman zu einer literarischen Sensation und nach »Don Quixote« zum meistgelesenen Buch Spaniens.

Camilo José Cela, geboren 1916 in Iria-Flavia/Galicien. Studierte Jura in England und Madrid. Seit 1957 Mitglied der spanischen Königlichen Akademie. Gründer der Literaturzeitschrift »Papeles de Son Armandans«. Lyriker, Romancier, Reiseschriftsteller. 1989 Nobelpreis für seine »reiche und eindringliche Prosa, in der mit verhaltenem Mitgefühl eine herausfordernde Vision der Ausgesetztheit des Menschen gestaltet wird« (Schwedische Akademie). Im Piper Verlag erschienen u. a. Celas Reiseaufzeichnungen »Ein Vagabund im Dienste Spaniens« (1990).

Camilo José Cela

Pascual Duartes Familie

Roman

Aus dem Spanischen von
George Leisewitz und Gerda Theile-Bruhns

Mit einem Nachwort von
Hans-Jörg Neuschäfer

Piper
München Zürich

Die Originalausgabe erschien 1942 unter dem Titel
»La familia de Pascual Duarte«
bei Editorial Aldecoa, Madrid.

Die Übersetzung wurde für diese Ausgabe
von Anette Grube überarbeitet.

Von Camilo José Cela liegen in der Serie Piper bereits vor:
Der Bienenkorb (782)
Mrs. Caldwell spricht mit ihrem Sohn (970)
Geschichten ohne Liebe (1249)
Weitere Werke sind in Vorbereitung.

ISBN 3-492-11056-8
Oktober 1990
R. Piper GmbH & Co. KG, München
Lizenzausgabe mit Genehmigung der
Verlags-AG Die Arche, Zürich

Umschlag: Federico Luci,
unter Verwendung der Radierung
»¿No hay quien nos desate?« (1797–98) von Francisco Goya
Gesamtherstellung: Clausen & Bosse, Leck
Printed in Germany

Vorwort des Herausgebers

Die Zeit scheint mir gekommen, Pascual Duartes Erinnerungen dem Druck zu übergeben. Zu einem früheren Zeitpunkt wäre es vielleicht übereilt gewesen; ich wollte die Vorbereitungen nicht überstürzen, denn gut Ding will Weile haben, auch wenn es sich nur um die Korrektur von orthographischen Fehlern in einem Manuskript handelt, und weil es mit Recht heißt, daß übers Knie gebrochene Arbeit nichts taugt. Die Veröffentlichung nun noch länger zu verzögern, wäre wohl kaum zu rechtfertigen; man soll das fertige Werk ruhig zeigen.

Seit ich diese Blätter Mitte 1939 in der Apotheke zu Almendralejo fand, wo Gott weiß welch unbekannte Hände sie deponierten, habe ich mich damit beschäftigt, sie abzuschreiben und zu ordnen. Das Manuskript war teilweise wegen der schlampigen Schrift, teilweise auch, weil die Seiten nicht numeriert waren und durcheinander lagen, nahezu unlesbar.

Gleich anfangs möchte ich klarstellen, daß sich mein Teil an dem Werk, das ich heute dem neugierigen Leser übergebe, auf die Abschrift beschränkt: ich habe nichts berichtigt und nichts hinzugefügt, da ich auf den Stil der Erzählung Rücksicht nehmen wollte. Allerdings hielt ich es für angezeigt, an einigen allzu krassen Stellen die Schere zu gebrauchen und kurzen Prozeß zu machen. Dies Verfahren wird dem Leser natürlich einige Einzelheiten vorenthalten, doch verliert er dadurch nichts. Es hat im Gegenteil den Vorzug, daß der Blick möglicherweise nicht auf widerwärtige Intimitäten fällt, für die, ich wiederhole es, mir die Schere geeigneter schien als Verbesserungen.

Die Person Pascual Duartes, so meine ich, ist beispielhaft in ihrem Verhalten, und vielleicht ist dies der einzige Grund, warum ich sie ans Licht bringe. Kein nachahmenswertes Beispiel, sondern eines, vor dem man davonlaufen sollte; ein Beispiel, demgegenüber jeder Zweifel fehl am Platze ist, angesichts dessen man nur sagen kann: »Siehst du, was er tut? Das genaue Gegenteil von dem, was er tun sollte.«

Doch lassen wir Pascual Duarte sprechen, der uns Interessantes zu erzählen hat.

Ein Brief, der das Manuskript ankündigt

Herrn
Joaquín Barrera López
Mérida

Sehr geehrter Herr Barrera!

Verzeihen Sie mir, wenn ich Ihnen mit diesem an sich schon nicht kurzen Brief noch eine lange Erzählung übersende. Da ich aber von all den Freunden des Herrn Jesús González de la Riva (dem Gott verziehen haben möge, ebenso wie er gewißlich mir vergeben hat) nur noch Ihre Anschrift im Kopf habe, wende ich mich an Sie, um das Geschriebene loszuwerden. Allein der Gedanke, daß ich so etwas habe niederschreiben können, verzehrt mich, und ich möchte vermeiden, daß ich es in diesem Augenblick der Niedergeschlagenheit – deren mir Gott in diesen Tagen viele beschert – zerreiße und so anderen die Möglichkeit raube, zu erfahren, was ich erst wußte, als es zu spät war.

Ich will es Ihnen etwas näher erklären. Da mir leider nicht verborgen geblieben ist, daß man mein Andenken verfluchen wird, und da ich mein Gewissen, soweit möglich, mit diesem öffentlichen Bekenntnis – und das ist keine geringe Buße – erleichtern möchte, will ich einiges aus meinem Leben erzählen, dessen ich mich noch entsinne. Erinnerung war nie meine Stärke, und ich weiß, daß ich wahrscheinlich viel Interessantes vergessen habe; dennoch habe ich mir vorgenommen, das zu erzählen, was mir nicht aus dem Sinn will und was die Hand zu Papier zu bringen sich nicht sträubt. Einiges gab es, das ich erzählen wollte, jedoch war mir dabei so elend zumute, daß ich vorzog, es zu verschweigen und zu vergessen. Als ich dieses Bekenntnis niederzuschreiben begann, wurde mir bewußt, daß es etwas in meinem Leben gab – meinen Tod, den Gott kurz machen möge –, wovon ich nichts würde berichten können; darüber habe ich viel nachgegrübelt und kann Ihnen, bei den wenigen Augenblicken, die mir noch bleiben, versichern, daß ich bei mehr als einer Gelegenheit glaubte zu scheitern, da mir mein Verstand nicht sagte, wo der Schlußstrich zu ziehen sei. Doch meinte ich, es sei am besten, erst einmal zu beginnen und den Schluß zu lassen bis zu dem Zeitpunkt, da Gott mein Leben zu beenden gedenkt, und so habe ich es getan; heute aber, da ich der Hunderte von Seiten, die ich mit meinem Geschreibe gefüllt habe, bereits überdrüssig bin, höre ich nun endgültig damit auf und überlasse die Rekonstruktion dessen, was mir an Leben noch bleibt, Ihrer Einbildungskraft, eine Rekonstruktion, die nicht schwerfallen dürfte, denn abgesehen davon, daß es sicherlich nicht mehr lange dauern wird, glaube ich nicht, daß ich zwischen diesen vier Wänden noch Großartiges erleben werde.

Als ich niederzuschreiben begann, was ich Ihnen jetzt zusende, quälte mich der Gedanke, daß in jenen Tagen schon irgend jemand wußte, ob ich meine Erzählung würde bis zu Ende führen können, oder wo ich hätte abbrechen müssen, weil ich die Zeit falsch bemessen hatte, die mir zur Verfügung stand; diese Gewißheit, daß alles, was ich tat, sich zwangsläufig auf vorausbestimmten Gleisen bewegte, brachte mich aus dem Gleichgewicht.

Heute, nahe schon dem anderen Leben, habe ich mich damit abgefunden. Möge Gott mich seiner Vergebung für wert befinden.

Ich bin etwas ruhiger geworden, da ich alles niedergeschrieben habe, was mir widerfahren ist, und für Augenblicke quält mich sogar das Gewissen weniger.

Ich baue darauf, daß Sie verstehen werden, was ich besser ungesagt lasse, weil es besser ist, wenn niemand davon erfährt. Heute reut es mich, den falschen Weg gewählt zu haben, aber in diesem Leben bitte ich niemanden mehr um Vergebung. Wozu auch? Vielleicht ist es besser, sie tun mit mir, was sie vorhaben, denn es ist mehr als wahrscheinlich, daß ich in meine schlechten Gewohnheiten zurückfallen würde, täten sie es nicht. Auch um Begnadigung will ich nicht nachsuchen, denn das Leben hat mich zuviel Schlechtes gelehrt, und ich bin zu schwach, den Trieben zu widerstehen. Es geschehe also, wie es im Buch des Himmels geschrieben steht.

Nehmen Sie, sehr geehrter Don Joaquín, zugleich mit diesem Bündel beschriebener Blätter die Bitte entgegen, mir zu verzeihen, daß ich mich an Sie wende, und nehmen Sie diese Bitte um Vergebung, die ich an Sie richte, an, als seien Sie Don Jesús selbst.

Ihr untertänigster Diener
Pascual Duarte

Gefängnis zu Badajoz am 15. Februar 1937

KLAUSEL AUS DEM EIGENHÄNDIG NIEDERGESCHRIEBENEN TESTAMENT DES JOAQUIN BARRERA LOPEZ, DER OHNE NACHKOMMEN VERSTARB UND SEIN VERMÖGEN DEN DIENENDEN NONNEN VERMACHTE

Viertens: Ich ordne an, daß das mit Bindfaden verschnürte Paket Papiere in meiner Schreibtischschublade, das in roten Lettern die Aufschrift »Pascual Duarte« trägt, unverzüglich und ungelesen den Flammen überantwortet wird, da sein Inhalt zersetzend ist und gegen die guten Sitten verstößt. Wenn es aber die Vorsehung will, daß ohne böse Absicht das erwähnte Paket während achtzehn Monaten dem ihm bestimmten Schicksal entgeht, so befehle ich dem Finder, es vor der Zerstörung zu bewahren, es als sein Eigentum zu betrachten und nach seinem Gutdünken damit zu verfahren, vorausgesetzt, daß er nicht anderer Ansicht ist als ich.

– –

Gegeben zu Mérida (Badajoz) und auf dem
Sterbebett am 11. Mai 1937

Dem vortrefflichen Edelmann Don Jesús González de la Riva, Graf von Torremejía, gewidmet, der den Verfasser dieser Blätter Pascualillo nannte und lächelte, als dieser kam, um ihn zu töten.

P. D.

1

Ich bin nicht schlecht, Herr, wenn es mir auch nicht an Gründen fehlte, es zu sein. Alle, die wir sterblich sind, tragen bei der Geburt die gleiche Haut, und dennoch gefällt es dem Schicksal, uns zu verändern, wenn wir älter werden, als seien wir aus Wachs, und uns auf verschiedenen Wegen demselben Ziel entgegenzuführen: dem Tod. Es gibt Menschen, die dürfen auf Blumen wandeln, während andere den Weg der Disteln und Dornen gehen müssen. Jene erfreuen sich eines heiteren Blicks und lächeln über ihr Glück mit unschuldiger Miene; die anderen sind der erbarmungslosen Sonne der Ebene ausgesetzt und legen die Stirn in Falten wie ein Raubtier, das sich verteidigt. Ein großer Unterschied besteht zwischen dem, der sich schmückt und nach Kölnisch Wasser duftet, und dem, der sich mit Tätowierungen begnügen muß, die niemand mehr rückgängig machen kann.

Vor vielen Jahren schon – es sind mindestens fünfundfünfzig her – wurde ich in einem Dorf tief in der Provinz Badajoz geboren; das Dorf war ungefähr zwei Meilen von Almendralejo entfernt, hingeduckt neben einer Landstraße, endlos und schnurgerade wie ein Tag ohne Brot, endlos und gerade wie die Tage eines zum Tode Verurteilten, so endlos und gerade, wie Sie zu Ihrem Glück es sich nicht vorstellen können.

Im Dorf herrschte Hitze, und die Sonne brannte darauf, es war reich an Olivenbäumen und Schweinen (mit

Verlaub!), die Häuser so weiß gestrichen, daß mir heute noch die Augen schmerzen, wenn ich daran zurückdenke, mit einem Dorfplatz, der mit Steinplatten ausgelegt war, und einem hübschen Brunnen mit drei Rohren in der Mitte des Platzes. Als ich das Dorf verließ, war schon seit ein paar Jahren kein Wasser mehr aus den Rohren geflossen, und doch, wie graziös, wie elegant erschien uns allen der Brunnen mit der Figur des nackten Kindes obendrauf und der Beckenrand geriffelt wie die Pilgermuscheln. Am Dorfplatz stand das Rathaus, groß und viereckig wie eine Tabakskiste, mit einem Turm in der Mitte und auf dem Turm eine Uhr, weiß wie eine Hostie, die Zeiger auf neun stehengeblieben, als ob das Dorf ihren Dienst nicht brauchte, sondern nur ihre Zier. Im Dorf gab es wie überall gute Häuser und schlechte; die letzteren waren, wie das bei allen Dingen so ist, in der Überzahl. Ein zweistöckiges Haus, das von Don Jesús, war besonders schön, mit seinem gekachelten Empfangszimmer, das voller Blumentöpfe stand. Don Jesús hatte seit jeher ein Herz für Pflanzen, und mir schien, als habe er seiner Haushälterin befohlen, die Geranien, Heliotropen, die Palmen und Minzen mit einer Zärtlichkeit zu pflegen, als seien es Kinder, denn die Alte lief immer mit einem Schöpflöffel in der Hand herum und begoß die Pflanzen mit einer Miene, für die sie ihr ohne Zweifel dankbar waren, so üppig wucherten sie und so grün waren sie. Das Haus von Don Jesús stand ebenfalls am Dorfplatz, und es unterschied sich von allen anderen, abgesehen von den Dingen, die ich bereits erwähnte, besonders in einem Punkt, in dem ihm alle anderen überlegen waren, und das trotz des vielen Geldes, das der Hausherr sonst bedenkenlos ausgab: in der Fassade, die in der natürlichen Farbe des Steins gehalten war, was überaus gewöhnlich aussieht, und es war nicht geweißt wie das des

Ärmsten im Dorf. Er wird seine Gründe gehabt haben. Über dem Portal war ein Wappen in den Stein gehauen, das, wie man sagte, großen Wert besaß. Es stellte zwei alte Ritterköpfe dar, mit Helm und Federbusch, von denen der eine nach Osten, der andere nach Westen blickte, als wollten sie den Anschein erwecken, sie wachten über das, was von der einen oder anderen Seite kommen könnte. Hinter dem Platz auf der Seite, wo das Haus von Don Jesús lag, war die Kirche mit ihrem steinernen Turm und der kleinen Glocke, deren Klang ich nicht beschreiben kann, den ich aber jetzt im Ohr habe, als würde sie hier um die Ecke geläutet. Der Glockenturm war ebenso hoch wie der Uhrturm, und im Sommer, wenn die Störche kamen, wußten sie immer, in welchem Turm sie das Jahr zuvor ihr Nest gebaut hatten; der lahme Storch, der noch zwei Winter überlebte, war aus dem Nest vom Glockenturm, aus dem er als junger Vogel einmal gefallen war, weil ihn der Sperber erschreckt hatte.

Mein Haus lag außerhalb des Dorfes, etwa zweihundert große Schritte von den letzten Kiefern entfernt. Es war eng und ebenerdig, wie es meiner Stellung entsprach, aber ich schloß es doch ins Herz, und es gab sogar Zeiten, in denen ich stolz darauf war. In Wirklichkeit war das einzige, was sich vom Haus sehen lassen konnte, die Küche, der erste Raum, den man betrat, immer sauber und tadellos weiß getüncht. Der Fußboden war zwar nur aus Lehm, aber er war gut festgetreten, und die Kiesel bildeten ein Muster, so daß er in nichts den vielen anderen nachstand, die der Besitzer auszementieren ließ, weil er sich fortschrittlich dünkte. Die Feuerstelle war groß und sauber, und um den Rauchfang herum lief ein Gestell, geschmückt mit irdenen, blau angemalten Krügen, Tellern mit blauen oder orangefarbenen Zeichnungen; einige davon stellten ein Gesicht dar, andere eine Blume, wieder andere einen Namenszug oder einen Fisch. An den Wänden hingen verschiedene Dinge: ein sehr hübscher Kalender, auf dem ein junges Mädchen auf einem Boot abgebildet war, das sich Luft zufächelte, und unter dem in Buchstaben wie aus Silberstaub zu lesen war »Modesto Rodríguez. Erlesene Kolonialwaren. Mérida (Bajadoz)«, ein farbiges Bild von »Espartero« im Torerokostüm, und drei oder vier Photographien, die einen klein, die anderen größer, von ich weiß nicht wem. Sie liegen immer am gleichen Platz, und mir kam nie in den Sinn, danach zu fragen. Auch eine Weckuhr hatten wir an der Wand hängen, *und das will etwas heißen*, aber sie ging immer, wie Gott es befahl. Dann war da noch ein Nadelkissen aus rotem Plüsch, in dem ein paar hübsche Nadeln mit farbigen Glasknöpfen steckten. Die Einrichtung der Küche war so spärlich wie schlicht: drei Stühle – davon einer sehr zierlich mit gebogener Lehne und geschwungenen Beinen und einem geflochtenen Sitz –, ein Tisch aus Kiefernholz mit einer Schublade, der für die Stühle etwas niedrig war, aber doch seinen Dienst tat. In der Küche fühlte man sich wohl. Sie war bequem, und im Sommer, wenn wir kein Feuer entfachten und gegen Abend die Türen weit öffneten, saßen wir auf den kühlen Steinen neben der Feuerstelle, im Winter wärmte die Glut, und wenn man aufpaßte, glimmte sie die ganze Nacht über. Wie angenehm war es, unsere Schatten an der Wand zu betrachten, wenn kleine Flammen aufloderten. Sie züngelten empor und erloschen, mal langsam, mal sprunghaft, als ob es ein Spiel wäre. Ich erinnere mich, daß sie mir als kleines Kind Furcht einjagten, und noch jetzt, als Erwachsener, schauert es mich, wenn ich an jene Angst zurückdenke.

Es lohnt nicht die Mühe, den Rest des Hauses zu beschreiben, so armselig war er. Wir hatten noch zwei

Wohnräume, wenn man sie nur aufgrund der Tatsache, daß sie bewohnt wurden, so nennen will, und den Stall, von dem ich heute nicht mehr weiß, warum wir ihn so nannten, so leer und verlassen wie er war. In einem der Zimmer schliefen meine Frau und ich, in dem anderen meine Eltern, bis Gott oder, wer weiß, der Teufel sie holten; danach stand der Raum fast immer leer, anfangs, weil es niemanden gab, der ihn hätte bewohnen können, und später, als es jemanden gab, dieser Jemand die Küche vorzog, die heller war und nicht so zugig. Wenn meine Schwester zu Besuch kam, schlief sie immer dort, und auch die Kinder, wenn welche da waren, zog es dorthin, sobald sie der Mutterbrust entwachsen waren. In der Tat waren die Wohnräume nicht sehr sauber und auch nicht gut gebaut. Andererseits gab es keinen Grund, sich zu beklagen: sie boten, was die Hauptsache ist, Schutz vor den Wolken der Weihnachtszeit, und man war in ihnen, soweit man es verdiente, vor der stickigen Hitze des Augusts sicher. Der Stall war am schlimmsten; er war düster und dunkel, und an seinen Mauern klebte der gleiche Geruch nach totem Tier, der im Mai aus der Schlucht heraufsteigt, wenn die toten Tiere verwesen und von den Raben gefressen werden.

Seltsam jedoch, daß ich als junger Bursche, wenn ich diesen Geruch vermißte, Todesängste ausstand. Ich entsinne mich jener Reise in die Hauptstadt, um den Pachtzins zu entrichten. Den ganzen Tag, den Gott geschaffen hatte, trieb ich mich schlechtgelaunt herum und schnüffelte in der Luft wie ein Jagdhund. Als ich mich abends in der Herberge niederlegte, drang mir der Geruch meiner Kordsamthose in die Nase. Das Blut floß heiß durch meinen Körper. Ich schob das Kissen beiseite, legte den Kopf auf die zusammengerollte Hose. In jener Nacht schlief ich wie ein Stein.

Im Stall hatten wir einen ausgemergelten Schindesel stehen, der uns bei der Erntearbeit half, und wenn die Dinge gut standen, was, um bei der Wahrheit zu bleiben, nicht immer der Fall war, hielten wir auch zwei oder drei Schweine (mit Verlaub!). Hinter dem Haus befand sich ein Gehege, eine Art Anbau, nicht allzu groß, aber es leistete gute Dienste. Darin war ein Brunnen, den wir später zuschütten mußten, da das Wasser Krankheiten verursachte.

Hinter dem Gehege floß ein Bach, der oft nahezu austrocknete, nie über die Ufer trat, schmutzig war und stank wie die Zigeuner. Man konnte in ihm fette Aale fangen, wie ich es an manchem Nachmittag tat, um die Zeit totzuschlagen. Meine Frau, die trotz allem noch Witz hatte, sagte, die Aale seien so rund, weil sie dasselbe äßen wie Don Jesús, nur einen Tag später. Ging ich zum Angeln, verflogen die Stunden so schnell, daß es fast immer schon dunkel war, als ich meine Siebensachen zusammenpackte; in der Ferne lag wie eine flache und dicke Schildkröte, wie eine aufgerollte Schlange, die sich vom Boden zu lösen fürchtet, Almendralejo, wo nach und nach die Lichter angingen. Seine Bewohner wußten gewiß nicht, daß ich geangelt hatte und gerade in diesem Augenblick zusah, wie in ihren Häusern die Lichter aufflammten, und mir dabei vorstellte, daß viele von ihnen Dinge sagten, die ich mir dachte, oder von Dingen sprachen, die mir gerade in den Sinn kamen. Die Bewohner der Städte leben mit dem Rücken zur Wahrheit und sind sich oft nicht einmal dessen bewußt, daß zwei Meilen von ihnen entfernt, mitten in der Ebene, ein Mann sich damit unterhält, an sie zu denken, während er die Angelrute zusammenlegt und den Weidenkorb mit sechs oder sieben Aalen darin vom Boden aufnimmt.

Dennoch hielt ich das Angeln immer für einen Zeitvertreib, der sich für Männer wenig eignet, und verbrachte meine Mußestunden meist auf der Jagd; im Dorfe hatte ich den Ruf, dabei nicht ungeschickt zu sein, und bei aller Bescheidenheit muß ich ehrlich sagen, daß die, die so redeten, nicht weit von der Wahrheit entfernt waren. Ich hatte einen Hühnerhund – die Chispa, die tückisch und wild war, mir aber gehorsam folgte; oft bin ich mit ihr des Morgens nach Charca gegangen, anderthalb Meilen vom Dorf entfernt, der portugiesischen Grenze zu, und nie kehrten wir mit leeren Händen nach Hause zurück. Auf dem Rückweg lief die Hündin voran und erwartete mich stets am Kreuzweg; dort lag ein runder Stein, oben platt wie ein niedriger Sessel, an den ich mich ebenso gern erinnere wie an irgendeinen Menschen. Ja, ich denke lieber an ihn zurück wie an viele von jenen. Er war breit und etwas im Boden versenkt, und wenn ich mich setzte, rutschte mir ein wenig der Hintern weg (mit Verlaub!), und ich saß so bequem, daß ich nur ungern wieder aufstand. Oft saß ich lange auf jenem Stein am Kreuzweg, pfiff vor mich hin, die Flinte zwischen den Beinen, schaute in die Gegend und rauchte Zigaretten. Die Hündin setzte sich mir gegenüber auf die Hinterpfoten, neigte den Kopf zur Seite und beobachtete mich mit ihren lebhaften braunen Augen; ich sprach mit ihr, sie spitzte ein wenig die Ohren, als wollte sie mich besser verstehen; sobald ich schwieg, nutzte sie die Gelegenheit, um Heuschrecken zu jagen oder einfach nur um die Stellung zu wechseln. Verließ ich den Stein, mußte ich, ohne zu wissen warum, immer wieder zurückblicken, wie um mich zu verabschieden, und eines Tages schien er mir so traurig über mein Fortgehen, daß mir nichts anderes übrigblieb, als umzukehren und mich erneut zu setzen. Die Hündin nahm wieder ihren Platz vor mir ein und schaute mich unverwandt an. Heute weiß ich, daß sie den Blick eines

Beichtvaters hatte, forschend und kalt, wie ihn die Luchse haben sollen... Ein Zittern durchlief meinen Körper; es war wie elektrischer Strom, der sich durch meine Arme einen Ausweg erzwingen wollte; die Zigarette war ausgegangen, die einläufige Flinte zwischen meinen Beinen ließ sich leise streicheln. Die Hündin beobachtete mich mit starrem Blick, als sähe sie mich zum ersten Mal, als wolle sie mich im nächsten Augenblick für schuldig erklären, und ihr Blick erhitzte das Blut in meinen Adern. Der Augenblick, in dem ich hätte aufgeben müssen, rückte näher; es war heiß, drückend heiß, und ich mußte die Augen abwenden von dem nadelscharfen Blick des Tieres.

Ich legte an und schoß, lud und schoß noch einmal. Die Hündin hatte dunkles, klebriges Blut, das sich langsam auf der Erde ausbreitete.

2

An meine Kindheit habe ich nicht gerade angenehme Erinnerungen. Mein Vater hieß Esteban Duarte Diniz, war Portugiese und in den Vierzigern, als ich ein Kind war. Er war braungebrannt, groß und dick wie ein Berg und hatte einen phantastischen schwarzen Schnauzbart, dessen Enden nach unten hingen. Man sagt, daß sich in seiner Jugend die Bartspitzen nach oben drehten, aber seit er im Gefängnis gesessen hatte, war es mit der Stattlichkeit vorbei, die Kraft des Bartes ließ nach, und er mußte ihn nach unten hängend tragen bis ins Grab. Er flößte mir großen Respekt ein und nicht wenig Angst. Ich ging ihm aus dem Wege, wann immer ich konnte, und paßte auf, nicht mit ihm zusammenzustoßen; er war schroff und brüsk und duldete keinen Widerspruch, eine Eigenschaft, die ich aus guten Gründen achtete. Denn wenn er in Wut geriet, was häufiger als nötig geschah, erhielten meine Mutter und ich aus nichtigem Anlaß fürchterliche Prügel. Meine Mutter trachtete danach, sie ihm zurückzugeben, um ihn so zu bessern, aber ich konnte sie angesichts meiner jungen Jahre nur resigniert hinnehmen. Wenn man so klein ist, ist man doch sehr empfindlich.

Nie habe ich gewagt, ihn oder meine Mutter zu fragen, wie lange er im Gefängnis war, weil ich es für klüger hielt, schlafende Hunde nicht zu wecken, die auch von alleine und öfter als genug aufwachten, und selbstverständlich hatte ich es gar nicht nötig zu fragen, denn es fehlt ja nie, am allerwenigsten in einem so kleinen Dorf, an mitleidigen Seelen und Leuten, denen es nicht an Zeit gebricht und die mir alles erzählten. Er war wegen Schmuggels verurteilt worden, den er offensichtlich jahrelang betrieben hatte. Aber ebenso wie der Krug nur so lange zum Brunnen geht, bis er bricht, wie es keinen Beruf ohne Bankrotteure gibt und der kürzeste Weg nicht immer der schnellste ist, so verfolgten ihn eines schönen Tages, als er vermutlich am wenigsten damit rechnete und seiner Sache allzu sicher war, die Grenzpolizisten, entdeckten die Schmuggelware und steckten ihn ins Gefängnis. Vertrauensseligkeit ist eben der Ruin des Tapferen. All dies muß schon lange zurückliegen, denn ich erinnere mich nicht daran; vielleicht war ich noch nicht einmal geboren.

Meine Mutter war, im Gegensatz zum Vater, nicht dick, hatte sogar eine gute Figur, war groß und hager und sah kränklich aus, hatte eine gelbe Gesichtsfarbe und hohle Wangen, als ob sie tuberkulös wäre oder die Anlage dazu hätte. Auch sie war mürrisch und jähzornig, hatte teuflische Launen und gebrauchte eine Ausdrucksweise, die Gott ihr vergeben möge. Ständig und aus geringstem Grund fluchte sie bei allen Heiligen. Stets trug sie Trauer, und mit Wasser konnte sie nicht viel anfangen, so wenig, daß ich sie, wenn ich die Wahrheit sagen soll, in all den Jahren ihres Lebens, die ich sie kannte, nur ein einziges Mal sich waschen sah, und zwar, als mein Vater ihr vorwarf, sie sei betrunken, und sie ihm beweisen wollte, daß sie das Wasser nicht fürchtete. Wein dagegen mißfiel ihr nicht, und wann immer sie die Hand auf ein paar Groschen legen konnte oder sie in der Jacke ihres Mannes fand, schickte sie mich zur Taverne mit einem Krug, den sie unterm Bett versteckte, damit mein Vater ihn nicht fand. In den Mundwinkeln hatte sie ein paar graue Haare und auf dem Kopf einen wirren und ungepflegten Haarschopf, den sie in einem kleinen Knoten oben zusammenband. Rings um ihren Mund zeichneten sich Narben und Flecke ab, wie Schrotkörner, klein und rötlich, die sie, wie ich glaube, von bösartigen Pusteln zurückbehalten hat, unter denen sie als Jugendliche litt. Manchmal, im Sommer, kehrte in die Flecken das Leben zurück, ihre Farbe wurde stärker, und kleine Eiterherde bildeten sich, die der Herbst trocknete und der Winter verwischte.

Meine Eltern verstanden sich nicht. Der Mangel an Tugenden im Verein mit ihrer geringen Bildung und der Unfähigkeit, sich mit dem von Gott bestimmten Schicksal abzufinden – Fehler, die ich leider von ihnen geerbt habe –, bewirkten, daß sie sich wenig um Grundsätze kümmerten und ihre Instinkte nicht zügelten. Der geringste Anlaß genügte, Stürme zu entfesseln, die tagelang andauerten, ohne daß ihr Ende abzusehen war. Im allgemeinen ergriff ich für keinen von beiden Partei, denn mir war es, um bei der Wahrheit zu bleiben, völlig gleich, wieviel der eine oder der andere einstecken mußte. Mal freute ich mich, wenn mein Vater, dann wieder meine

Mutter die Jacke voll bekam, aber nie habe ich daraus eine Kabinettsfrage gemacht.

Meine Mutter konnte nicht wie mein Vater lesen und schreiben; er war darauf so stolz, daß er ihr deswegen jeden Montag und Dienstag Vorwürfe machte, und häufig, auch wenn es nicht in den Zusammenhang paßte, nannte er sie unwissend, was für meine Mutter eine schwere Beleidigung war und sie zum Basilisken werden ließ. Vater kam manchmal nachmittags mit einer Zeitung nach Hause, und dann mußten wir beide, ob wir wollten oder nicht, uns zu ihm in die Küche setzen, und er las uns die Nachrichten vor. Danach kamen die Kommentare an die Reihe, und dann begann ich zu zittern, denn an diesen Kommentaren entzündete sich stets ein Streit. Meine Mutter behauptete, nur um ihn zu ärgern, daß nichts von alledem, was er vorläse, in der Zeitung stände, daß er sich alles, was er vorlas, aus den Fingern sauge. Sobald mein Vater das hörte, geriet er in Harnisch, brüllte wie verrückt, nannte sie eine Unwissende und eine Hexe, und es endete stets damit, daß er sie anschrie, wenn er seinerzeit gewußt hätte, was jetzt in der Zeitung stände, dann wäre ihm nie eingefallen, sie zu heiraten. Dann ging's los. Sie nannte ihn einen haarigen Teufel, einen Hungerleider und Portugiesen, und er, als hätte er nur auf dieses Wort gewartet, um sie zu verprügeln, schnallte den Gürtel ab und trieb sie damit durch die Küche, bis er genug davon hatte. Anfangs traf mich dann und wann auch ein Hieb, aber als ich erfahrener war und gelernt hatte, daß man nur dann nicht naß wird, wenn man sich nicht in den Regen stellt, ließ ich sie allein und ging fort, sobald ich merkte, daß die Sache eine bedenkliche Wendung nahm. Was ging's mich an?

In unserem Familienleben gab es wenig Angenehmes, aber da wir nicht wählen können, sondern, bereits vor der Geburt, der eine hierfür, der andere dafür, bestimmt sind, versuchte ich, mich mit meinem Los abzufinden. Es war dies der einzige Weg, nicht zu verzweifeln. Als ich noch klein war, also zu einer Zeit, in der der Mensch leicht zu lenken ist, wurde ich für kurze Zeit in die Schule geschickt; mein Vater sagte damals, der Kampf ums Dasein sei sehr hart, und man müsse sich darauf vorbereiten, ihn mit den einzigen Waffen zu führen, mit denen man ihn gewinnen könne, mit den Waffen des Verstandes. All dies sagte er, ohne sich einmal zu unterbrechen, als hätte er es auswendig gelernt. Seine Stimme klang in solchen Augenblicken ungewöhnlich besorgt und nahm einen unerwarteten Ton an. Doch als ob es ihn reue, brach er gleich darauf in ein lautes Gelächter aus und fügte stets nahezu zärtlich hinzu: »Laß nur, Junge, ich werde alt.« Und er blieb nachdenklich, wiederholte leise immer wieder: »Ich werde alt... ich werde alt...«

Die Schule besuchte ich nur kurze Zeit. Mein Vater war, wie gesagt, in einigen Dingen heftig und starrköpfig, in anderen schwach und kleinmütig. Ich beobachtete, daß mein Vater in der Regel nur in unbedeutenden Angelegenheiten Charakter zeigte, in Dingen von Belang bestand er, ob aus Furcht oder aus anderen Gründen, weiß ich nicht, nur selten auf seiner Meinung. Meine Mutter wollte nicht, daß ich zur Schule ging, und sie pflegte mir bei jeder Gelegenheit, die sich fand, manchmal auch ohne Anlaß, zu sagen, es lohne sich nicht, etwas zu lernen, wenn man aus der Armut sowieso nicht herauskönne. Das fiel auf fruchtbaren Boden, denn auch mir schien der Schulbesuch nicht verlockend, und mit der Zeit gelang es uns beiden, meinen Vater davon zu überzeugen, es sei besser, die Schule aufzugeben. Lesen und schreiben, addieren und subtrahieren konnte ich schon, wußte also genug, um mich durchzuschlagen. Als ich die Schule verließ, war ich wohl zwölf Jahre alt. Doch wir sollten nichts überstürzen, die Dinge brauchen ihre Zeit, und es wird nicht eher Morgen, nur weil man früher aufsteht.

Ich war noch ein kleiner Knirps, als meine Schwester Rosario geboren wurde. Meine Erinnerung an jene Zeit ist konfus und vage, und ich weiß nicht, ob ich die Ereignisse wirklich wahrheitsgetreu wiedergebe. Dennoch will ich es versuchen, denn selbst wenn meine Erzählung etwas ungenau ist, wird sie doch der Wahrheit näherkommen als die Vorstellungen, die Sie sich bei aller Einbildungskraft und Phantasie davon machen können. Ich erinnere mich, daß Rosario an einem sehr heißen Nachmittag geboren wurde; es muß demnach Juli oder August gewesen sein. Die Felder lagen ruhig und verbrannt da, die Grillen zirpten, als wollten sie ihre Knochen an der Erde abfeilen. Mensch und Tier hatten sich zurückgezogen, und die Sonne hoch am Himmel beherrschte alles, strahlte über allem, verbrannte alles...

Die Entbindungen meiner Mutter waren immer schwer und schmerzhaft; sie war eigentlich unfruchtbar und verdorrt, und der Schmerz überstieg ihre Kraft. Und da die Arme nie ein Beispiel an Tugend und Würde gewesen war und wie ich nicht leiden konnte, ohne zu jammern, erledigte sie alles schreiend. Sie hatte schon mehrere Stunden geschrien, als Rosario kam, denn, um das Unglück vollzumachen, dauerten die Geburten bei ihr lange. So sagt schon der Volksmund: Eine Frau, die langsam gebiert und einen Bart hat... (ich lasse den zweiten Teil weg, aus Rücksicht auf die hochgestellte Persönlichkeit, an die diese Zeilen gerichtet sind). Eine Frau aus dem Dorf, die Engracia, Spezialistin für Todesfälle und Geburten, eine halbe Hexe, voll von Geheimnissen, stand meiner Mutter bei. Sie hatte Mixturen mitgebracht, die sie meiner Mutter auf den Bauch strich, um die Schmerzen zu lindern. Die aber schrie trotz aller Salben weiter, bis sie nicht mehr konnte, und der Engracia fiel nichts Besseres ein, als sie eine ungläubige und schlechte Christin zu schimpfen. Gerade in diesem Augenblick verstärkten sich die Schreie meiner Mutter wie der Südwind, und ich begann mich zu fragen, ob sie nicht wirklich vom Teufel besessen sei. Meine Zweifel waren von kurzer Dauer, denn es stellte sich heraus, daß meine neue Schwester die Ursache dieses ungewöhnlichen Stimmaufwandes gewesen war.

Mein Vater war schon eine ganze Weile mit langen Schritten in der Küche hin und her gegangen. Als Rosario endlich da war, trat er an das Bett meiner Mutter, nannte sie ohne Rücksicht auf die Umstände ein faules Stück, eine Metze, und schlug sie so fürchterlich mit der Gürtelschnalle, daß es mich noch heute verwundert, daß er sie nicht zu Tode prügelte. Dann verschwand er und kam erst nach zwei Tagen zurück. Voll wie ein Faß torkelte er an das Bett meiner Mutter und küßte sie. Meine Mutter ließ sich küssen... Danach legte er sich in den Stall und schlief.

3

Für Rosario zimmerten sie ein Gestell, eine nicht sehr tiefe Kiste mit einem mit Ziegenhaar gefüllten Kissen; sie stand neben dem Bett meiner Mutter, und Rosario war in Baumwolltücher gewickelt und so fest zugedeckt, daß ich oft glaubte, sie würde ersticken. Ich hatte mir bis dahin, ich weiß nicht warum, kleine Kinder weiß wie Milch vorgestellt, und ich erinnere mich gut des schlechten Eindrucks, den ich von meinem Schwesterchen hatte, als ich sie so klebrig und rot wie ein gekochter Krebs daliegen sah. Auf dem Kopf hatte sie schütteres, dünnes Haar, wie junge Stare oder Tauben, das sie im Lauf der Monate verlor, die Händchen waren so schrumpelig und durchsichtig, daß es mir grauste. Drei oder vier Tage nach der Geburt wurde sie zur Säuberung aus den Tüchern gewickelt, und ich konnte sie eingehender betrachten und kam zu dem Schluß, daß ich sie weniger abstoßend fand als das erste Mal. Sie war nicht mehr so rot, die Äuglein, die sie noch nicht öffnete, schienen die Lider bewegen zu wollen, und die Händchen waren anscheinend weicher geworden. Engracia, die meinetwegen eine Hexe sein mochte, aber gewiß den Unglücklichen in der Not beistand, säuberte das Kind gründlich mit Rosmarinwasser. Dann wickelte sie es in saubere Windeln und legte die schmutzigen zum Waschen beiseite. Die Kleine war hochzufrieden und schlief lange. Im Hause war es so ruhig, daß niemand auf die Idee gekommen wäre, hier sei vor kurzem ein Kind geboren worden. Mein Vater setzte sich auf den Fußboden neben die Kiste, beobachtete seine Tochter, und so vergingen die Stunden; dabei machte er ein so verliebtes Gesicht – so drückte sich die Engracia aus –, daß es mich seinen wahren Charakter fast vergessen ließ. Dann stand er auf, spazierte durchs Dorf, und als wir überhaupt nicht damit rechneten, zu einer Stunde, zu der er normalerweise nie kam, saß er wieder neben der Kiste, mit sanftem Ausdruck und so bescheidenem Blick, daß jeder, der ihn gesehen hätte, ohne ihn zu kennen, glauben mußte, vor dem leibhaftigen St. Rochus zu stehen.

Rosario blieb immer schwächlich und mager, nur wenig Lebenskraft konnte sie aus den leeren Brüsten meiner Mutter saugen. Ihre ersten Jahre waren so schwer, daß sie mehr als einmal drauf und dran war, von uns zu gehen. Meinen Vater verdroß es, daß das Kind nicht gedeihen wollte, und da er alle Probleme dadurch löste, daß er mehr Wein durch seine Kehle laufen ließ, waren meiner Mutter und mir so schlechte Zeiten beschieden, daß wir uns nach vergangenen Tagen zurücksehnten, die uns, da wir schlechtere noch nicht gekannt hatten, schon elend genug vorgekommen waren. Wie geheimnisvoll ist doch die menschliche Natur, die das mißachtet, was sie gerade hat, um es später zu vermissen. Meine Mutter, der es gesundheitlich schlechter als vor der Geburt ging, steckte unwahrscheinliche Prügel ein. Und mir versetzte mein Vater, vorausgesetzt, er traf mich – so leicht ließ ich mich nicht erwischen –, so verächtliche Tritte, daß mir einmal das Blut aus dem Hintern trat (mit Verlaub!) und ein andermal meine Rippen so verunstaltet waren, als hätte man mich gebrandmarkt.

Nach und nach aber erholte sich das Mädchen und kam, dank einer Rotweinsuppe, die meiner Mutter verschrieben wurde, langsam zu Kräften. Sie war ein aufgewecktes Kind, und die Zeit verging nicht ungenützt, denn, wenn sie auch etwas länger als gewöhnlich brauchte, bis sie gehen konnte, so fing sie doch sehr früh zu sprechen an, und zwar mit solcher Leichtigkeit und Gewandtheit, daß wir alle aufgrund ihres reizenden Wesens verblüfft waren.

Die Zeit, in der ein Kind dem anderen gleicht, verging. Rosario wuchs heran, war fast schon ein junges Mädchen und, ehe wir es uns versahen, merkten wir, daß sie eine ganz Schlaue war. Da es aber in meiner Familie niemandem einfiel, den Verstand zu dem zu gebrauchen, wozu er uns gegeben ist, war das Mädchen bald die Herrin im Hause und ließ uns alle nach ihrer Pfeife tanzen. Sie hätte Großes vollbringen können, wäre das Gute ihre natürliche Veranlagung gewesen. Da es aber offenbar nicht Gottes Wille war, daß auch nur einer von uns sich durch gute Eigenschaften auszeichnete, lenkte er ihr Trachten auf andere Dinge, und bald genug wurde uns klar, daß sie zwar nicht dumm war, es aber besser geblieben wäre. Sie war zu allem nütze, nur zu nichts Gutem: sie stahl mit der gleichen Anmut und Gewandtheit wie eine alte Zigeunerin, fand schon in jungen Jahren Vergnügen am Trunk und spielte die Kupplerin für die Torheiten meiner Mutter. Da aber niemand sich darum kümmerte, sie auf den rechten Weg zu bringen und einen so hellen Verstand zum Guten zu lenken, sank die Kleine tiefer und tiefer, bis sie mit vierzehn Jahren mit den wenigen Wertgegenständen, die es in unserer Hütte gab, nach Trujillo in das Haus der Elvira davonlief. Die Wirkung, die ihr Fortgehen hatte, können Sie sich sicherlich vorstellen; mein Vater gab meiner Mutter die Schuld, meine Mutter dem Vater... Am meisten war Rosarios Abwesenheit im Verhalten meines Vaters zu spüren. Hatte er sich bislang bemüht, in ihrer Gegenwart keinen Streit anzufangen, war ihm jetzt, da sie nicht mehr da war und ihm nicht im Weg stand, jede Stunde und jeder Platz recht. Eigenartig, daß mein Vater, mit dem es an Roheit und Dickköpfigkeit nicht so leicht jemand aufnahm, gerade auf Rosario hörte. Ein Blick von ihr genügte, seinen Zorn zu besänftigen, und mehr als einmal wurden Schläge allein durch ihre Gegenwart vermieden. Wer hätte gedacht, daß ein so zartes Geschöpf diesen Kerl um den Finger wickeln konnte!

Fünf Monate lang trieb sie sich in Trujillo herum. Dann trieben Fieberanfälle sie halbtot nach Hause zurück, wo sie ungefähr ein Jahr lang das Bett hüten mußte, denn das Fieber war sehr bösartig und mehrmals stand sie mit einem Fuß im Grab, und mein Vater, der ein Säufer und Krakeeler, aber auch ein alter und guter Christ war, sorgte dafür, daß sie die heiligen Sakramente empfing und die Letzte Ölung, für den Fall, daß sie die Reise ins Jenseits hätte antreten müssen. Wie bei allen Krankheiten, so ging es auch bei dieser mal besser, mal schlechter. Auf Tage, an denen sie aufzuleben schien, folgten Nächte, in denen wir glaubten, daß sie sie nicht überleben würde. Die Stimmung meiner Eltern war düster. Ich erinnere von jener traurigen Zeit nur noch den Frieden der Monate, die verstrichen, ohne daß zwischen unseren vier Wänden die Schläge hagelten. Derart mitgenommen waren die beiden Alten!... Die Nachbarn trugen alle ihr Quentchen bei und empfahlen diese oder jene Kräuter; da wir aber der Engracia am meisten vertrauten, verließen wir uns auf sie und ihren Rat, um das Kind zu kurieren. Und die Kur, die sie ihr verschrieb, war weiß Gott umständlich; weil sie jedoch mit ganzer Seele bei der Sache war, stellte sich der Erfolg ein, und das Kind wurde, wenn auch langsam, wieder gesund. Wie schon das Sprichwort sagt, Unkraut vergeht nicht, ohne daß ich damit behaupten möchte, daß Rosario schlecht war (allerdings würde ich auch nicht die Hand ins Feuer legen, um zu schwören, sie sei gut gewesen). Fest steht jedenfalls: nachdem sie erst einmal das von Engracia verschriebene Gebräu geschluckt hatte, brauchten wir nur noch abzuwarten, bis sie nach einiger Zeit ihre volle Gesundheit wiedererlangte und damit ihre Munterkeit.

Kaum war sie wieder auf den Beinen und die Freude im Haus meiner Eltern erneut eingekehrt, die sich ja nur in der Sorge um ihre Tochter einig waren, als die Füchsin wieder zur Diebin wurde, sich den Beutel mit den Spargroschen meines Vaters füllte und sich ohne Abschied auf französische Art davonmachte. Diesmal in Richtung Almendralejo, wo sie im Hause der Nieves, der Madrileñerin, blieb. Doch hat, das jedenfalls steht für mich fest, auch der niederträchtigste Charakter immer noch irgendeine gute Seite, denn Rosario vergaß uns nicht völlig und sandte uns gelegentlich zum Namenstag oder zu Weihnachten eine warme Jacke. Die hatte, wenn sie auch nur gerade eben paßte und wie eine Leibbinde so fest auf dem vollen Bauche saß, ihren inneren Wert, denn Rosario selbst lebte ja nicht gerade im Überfluß, zumal sie des Gewerbes wegen beträchtlichen Staat machen mußte. In Almendralejo sollte sie den Mann kennenlernen, der sie ruinierte, nicht was ihre Ehre betraf, die sie damals schon lange verloren hatte, sondern ihren Geldbeutel, auf den sie nach dem Verlust der Ehre allein hätte achten sollen. Der Mensch hieß Paco López, genannt El Estirao, und ich muß zugeben, daß er ein hübscher Kerl war, obwohl er einen unsteten Blick hatte. Denn, da er ein Glasauge anstelle dessen trug, das er bei Gott weiß welcher Schandtat verloren hatte, irrte sein Blick so unstet umher, daß es den Aufrechtesten beunruhigen mußte. Er war groß gewachsen, hatte rötliches Haar, war schlank wie eine Gerte und hatte einen solch aufrechten Gang, daß der, der ihn zuerst »Estirao«, den *Gestreckten*, nannte, bestimmt nicht unrecht hatte. Er hatte keinen anderen Beruf als sein hübsches Gesicht, und da die Frauen so einfältig waren, ihn auszuhalten, zog er es vor, nicht zu arbeiten. Wenn ich dies als schlecht erachte, so bin ich nicht sicher, ob etwa deshalb, weil ich selbst nie dazu Gelegenheit hatte. Man erzählte sich, er sei früher einmal als angehender Stierkämpfer durch die andalusischen Städte gezogen. Ich weiß nicht, ob ich das glauben soll, denn draufgängerisch verhielt er sich meines Erachtens nur Frauen gegenüber; diese aber und mit ihnen meine Schwester glaubten es ihm blindlings, und er lebte auf großem Fuß, Sie wissen ja, wie sehr die Frauen Toreros schätzen. Einmal, als ich entlang der Grenze des Gutes

Los Jarales, das dem Grafen Torremejía gehört, Rebhühner jagte, traf ich mit ihm zusammen. Er war von Almendralejo aus ein paar hundert Schritte durch den Wald gegangen, um etwas Luft zu schnappen, war geschniegelt und gebügelt in seinem braunen Anzug, mit einer Mütze auf dem Kopf und einem Stöckchen in der Hand. Wir grüßten uns, und als der durchtriebene Halunke merkte, daß ich ihn nicht nach meiner Schwester fragen mochte, versuchte er mich zum Sprechen zu bringen, um mir dann das Wort im Mund zu verdrehen. Doch tat ich ihm den Gefallen nicht, und er muß wohl gemerkt haben, daß ich ihm zu entkommen suchte, denn, als wir uns schon die Hände zum Abschied reichten, fragte er mich ohne jede Veranlassung plötzlich und irgendwie widerstrebend: »Und wie geht's Rosario?«

»Das mußt du doch wissen...«

»Ich?«

»Na, Mensch, wenn du das nicht weißt...«

»Und warum sollte gerade ich das wissen?«

Dabei blieb er so ernst, daß jeder geschworen hätte, er habe nie in seinem Leben gelogen. Mir war es unangenehm, mit ihm über Rosario zu sprechen, Sie wissen ja, wie die Dinge lagen.

Der Bursche schlug mit seinem Spazierstock in die Thymianbüsche. »Nun ja, damit du es nur weißt. Gut geht's ihr. Das wolltest du doch wissen, nicht wahr?«

»Hör mal, Estirao, hör mal. Ich bin kein Feigling, auf Worte gebe ich nicht viel. Aber reiz mich nicht. Reize mich nicht.«

»Wie könnte ich dich reizen? Wüßte gar nicht wie. Aber was willst du von der Rosario wissen? Was hat sie überhaupt mit dir zu schaffen? Deine Schwester ist sie? Na gut, und weiter? Sie ist meine Braut, wenn wir genau sein wollen.«

Mit den Worten war er mir überlegen. Wären wir aber handgreiflich geworden, so schwöre ich bei meinen Toten, ich hätte ihn umgebracht, ehe er mir nur ein Haar hätte krümmen können. Ich wollte ruhig bleiben, denn ich kannte mich. Zudem ist es nicht gut, wenn zwei sich streiten, von denen der eine eine Flinte in der Hand hat und der andere nicht.

»Sieh mal, Estirao, es ist besser, wir halten beide den Mund. Sie ist deine Braut? Schön, von mir aus. Was geht's mich an?«

Der Estirao lachte sich eins; er schien Streit zu suchen.

»Weißt du was?«

»Was denn?«

»Wenn du mit meiner Schwester verlobt wärst, würde ich dich erwürgen.«

Gott weiß, daß das Schweigen an jenem Tage mich meine Gesundheit kostete, aber ich wollte ihn um keinen Preis schlagen. Warum, weiß ich nicht. Ich war es nicht gewohnt, daß man so mit mir sprach; niemand im Dorf hätte es gewagt, so mit mir zu sprechen.

»Wenn ich dich noch einmal in meiner Nähe sehe, erschlage ich dich auf dem Marktplatz zur Jahrmarktszeit.«

»Das ist eine Unverschämtheit.«

»Erstechen werde ich dich.«

»Hör mal, Estirao, hör mal...«

An jenem Tage bohrte sich mir ein Stachel in die Seele, der heute noch fest dort sitzt.

Noch heute weiß ich nicht, warum ich ihn nicht damals sofort ausriß. Später, als meine Schwester mit einem neuen Fieberanfall wieder einige Zeit bei uns zu Hause war, erzählte sie mir das Ende jenes Wortwechsels. Als Estirao in jener Nacht in das Haus der Nieves kam, um Rosario zu besuchen, zog er sie beiseite.

»Weißt du, daß du einen Bruder hast, der ein Waschlappen ist?... Und sich verkriecht wie ein Kaninchen, wenn es Stimmen hört?«

Meine Schwester suchte mich in Schutz zu nehmen, aber es half nichts, der Kerl hatte gewonnen. Er hatte die Oberhand gewonnen in dem einzigen Kampf, den ich je verlor, weil ich ihn nicht auf meine Art führte.

»Hör mal, mein Täubchen, laß uns von anderen Dingen reden. Wieviel hast du?«

»Acht Peseten.«

»Nicht mehr?«

»Nein, nicht mehr. Was willst du? Es sind schlechte Zeiten...«

Estirao schlug ihr mit dem Spazierstock ins Gesicht, bis er es müde wurde. Dann... »Weißt du, daß du einen Bruder hast, der ein Waschlappen ist?«

Meine Schwester bat mich um ihrer Gesundheit willen, das Dorf nicht zu verlassen.

Mir war, als habe der Dorn in meiner Seele sich gerührt. Noch heute weiß ich nicht, warum ich ihn nicht damals sofort ausriß...

4

Sie werden entschuldigen müssen, wenn ich in meiner Erzählung so wenig Ordnung bewahre. Da ich aber den Personen folge und die Zeit nicht beachte, springe ich vom Anfang zum Ende und wieder zurück, wie eine verwundete Heuschrecke. So kann ich aber wenigstens die Erzählung irgendwie fortführen, selbst wenn sie keine Form hat. Ich erzähle, wie es mir gerade einfällt und in den Sinn kommt, ohne mich damit aufzuhalten, sie wie einen Roman zu konstruieren. Denn abgesehen davon, daß daraus wahrscheinlich nichts würde, liefe ich immer Gefahr, so lange zu reden, bis ich plötzlich den Atem verlöre und feststeckte und nicht mehr wüßte, worauf ich eigentlich hinauswollte.

Die Jahre zogen an uns vorbei, wie sie an aller Welt vorbeizogen. Das Leben in meinem Hause verlief auf den immer gleichen Pfaden, und ich kann Ihnen wenig erzählen, was Sie sich nicht selbst denken können, wollte ich nicht etwas erfinden.

Fünfzehn Jahre nach der Geburt des Mädchens – man hätte sich alles andere eher vorstellen können, als daß meine Mutter uns noch einen Bruder schenken würde, so abgezehrt war sie und so lange war es schon her – war die Alte wieder in anderen Umständen. Wer weiß von wem? Ich vermute, sie hat es damals mit Herrn Rafael gehalten. Wir konnten nur die bemessene Zeit abwarten und einen mehr in der Familie aufnehmen. Die Geburt des armen Mario – so nannten wir den kleinen Bruder – brachte uns nur Kummer und Verdruß, denn zu allem Unglück und als sei das Ärgernis um diese Geburt noch nicht genug, fiel sie mit Vaters Tod zusammen, der, wäre er nicht so tragisch gewesen, bei nüchterner Betrachtung zum Lachen hätte reizen können. Als Mario nämlich zur Welt kam, hielten wir meinen Vater bereits seit zwei Tagen im Wandschrank eingesperrt. Ein tollwütiger Hund hatte ihn gebissen und, wenn es auch anfangs so schien, als würde er ohne Schaden davonkommen, ließ uns doch bald ein Zittern, das ihn überfiel, auf der Hut sein. Die Engracia behauptete, sein Blick würde eine vorzeitige Niederkunft meiner Mutter verursachen, und da dem Armen ohnehin nicht zu helfen war, sahen wir zu, ihn unter Beachtung aller Vorsichtsmaßnahmen mit Hilfe einiger Nachbarn einzusperren. Er biß um sich, und er würde mehr als einem den Arm ausgerissen haben, hätte er ihn erwischt. Voller Schmerz und Angst denke ich an jene Stunden zurück... Mein Gott, wieviel Kraft wir aufwenden mußten, ihn zu überwältigen. Wie ein Löwe schlug er um sich, schwor, uns alle umzubringen, und solche Wut funkelte in seinen Augen, daß er es sicher getan hätte, hätte Gott es zugelassen... Wie gesagt, zwei Tage war es her, daß wir ihn eingesperrt hatten. Er schrie dermaßen und versetzte der Tür, die wir mit ein paar Brettern abstützten, solche Tritte, daß es mich nicht wundernimmt, daß Mario, wohl auch beeindruckt durch die Schreie meiner Mutter, verängstigt und dämlich auf die Welt kam. Mein Vater verstummte in der folgenden Nacht – es war die des Dreikönigstags –, und als wir ihn herausholen wollten, in der Meinung, er sei tot, fanden wir ihn auf dem Boden liegend mit einer Angst im Gesicht, als sei er zur Hölle gefahren. Ich erschrak nicht wenig, als meine Mutter statt zu weinen, wie ich erwartet hatte, loslachte, und mir blieb nichts anderes übrig, als die Tränen hinunterzuschlucken, die mir in die Augen schossen, als ich die Leiche daliegen sah, mit offenen, blutunterlaufenen Augen, halb aufgerissenem Mund, aus dem die lila Zunge hing. Bei der Beerdigung hielt mir Don Manuel eine kleine Predigt, als er meiner gewahr wurde. Ich erinnere mich nicht mehr an alles, was er mir sagte. Er sprach vom Leben im Jenseits, von Himmel und Hölle, von der Jungfrau Maria, vom Andenken meines Vaters. Als es mir einfiel zu sagen, was die Erinnerung an meinen Vater angehe, so sei es wohl am besten, seiner überhaupt nicht zu gedenken, strich mir Don Manuel mit der Hand übers Haar und sagte, der Tod hole die Menschen von einem Reich ins andere, und er habe es nicht gern, wenn wir haßten, was er mit sich genommen habe, damit Gott es richte. Don Manuel sagte es wohl nicht ganz so; er gebrauchte vielmehr ein paar sehr passende Worte, aber was er mir sagen wollte, unterschied sich nur wenig von dem, was ich hier schreibe. Seit jenem Tage grüßte ich Don Manuel, wann immer ich ihn traf, und küßte ihm die Hand. Aber als ich heiratete, mußte ich mir von meiner Frau sagen lassen, mein Verhalten sei weibisch, und danach konnte ich ihn natürlich nicht mehr grüßen. Später erfuhr ich, Don Manuel habe von mir gesagt, ich sei wie eine Rose auf dem Misthaufen, und Gott weiß wohl, welche Lust ich verspürte, ihn deshalb zu erwürgen. Doch diese Stimmung verging, und ich vergaß es schließlich, da ich zwar von Natur aus jähzornig bin, mich aber ebenso rasch auch wieder beruhige. Außerdem war ich bei genauerem Nachdenken nicht sicher, richtig verstanden zu haben. Womöglich hatte Don Manuel überhaupt nichts dergleichen gesagt – man soll den Leuten nicht alles glauben, was sie erzählen –, und selbst wenn er es gesagt hätte... Wer weiß, was er hatte sagen wollen! Wer weiß, ob er nicht gerade das hatte sagen wollen, was ich verstanden hatte!

Wenn Mario Vernunft besessen hätte, als er dieses Tal der Tränen verließ, so wäre er bestimmt höchst unzufrieden gegangen. Er lebte nur kurze Zeit unter uns; es schien, als wittere er die Familienverhältnisse, die ihn erwarteten, und zöge ihnen die Gemeinschaft der Unschuldigen im Himmel vor. Sein Weg war, weiß Gott, der richtige. Wieviel Leid hat er sich zugleich mit all den Jahren erspart! Als er von uns ging, war er noch nicht zehn Jahre alt, wenig Zeit für das, was er zu durchleiden hatte, und doch hätte sie genügen müssen, um ihn das Gehen und Sprechen zu lehren, aber er lernte beides nicht. Der Arme schaffte es nur, sich wie eine Schlange über den Boden zu winden und mit der Kehle und mit der Nase Laute zu erzeugen, als wäre er eine Ratte. Mehr lernte er nicht.

Schon in den ersten Jahren seines Lebens wurde uns allen klar, daß der Unglückselige dumm, wie er geboren war, auch sterben würde. Es dauerte anderthalb Jahre, bis sein erster Zahn durchbrach und noch dazu so verquer, daß die Engracia, die so oft schon bei uns die Vorsehung gespielt hatte, das Zähnchen mit Hilfe eines Fadens ziehen mußte, damit es nicht seine Zunge durchbohrte. Zur gleichen Zeit, vielleicht wegen des vielen Blutes, das er durch das Zahnziehen hatte schlucken müssen, bekam er am Hintern (mit Verlaub!) einen Ausschlag wie Masern. Der Urin vermischte sich mit dem Eiter der Pusteln, und sein kleiner Hintern war völlig wund. Als dann die Eiterbläschen mit Essig und Salz behandelt werden mußten, schrie der Kleine so bitterlich, daß es einen Stein hätte erweichen können. Danach war ihm eine Zeit der Ruhe vergönnt; er spielte mit einer Flasche, was ihm am meisten Spaß machte, oder er lag, um sich zu erholen, im Hof oder in der Tür zur Straße in der Sonne. So schleppte sich die unschuldige Seele dahin, mal besser, mal schlechter, doch im ganzen ruhiger, bis eines Tages – er war vier Jahre alt – das Schicksal, ohne daß er es herbeigewünscht oder herausgefordert, ohne daß er jemandem Verdruß bereitet oder Gott versucht hätte, sich von ihm abwandte und ihm ein Schwein (mit Verlaub!) beide Ohren abfraß. Don Raimundo, der Apotheker, trug Seroform, ein gelbes Pulver, auf. Es war ein entsetzlicher Anblick, gelb und ohne Ohren, und um ihn zu trösten, brachten ihm die Nachbarinnen jeden Sonntag Ölkringel, andere schenkten ihm ein paar Mandeln oder Oliven in Öl oder etwas Wurst... Armer Mario, wie dankte er ihnen diesen Trost mit seinen dunklen Augen! Und war es ihm bis dahin schon schlecht genug ergangen, erwartete ihn noch Schlimmeres nach der Geschichte mit dem Schwein (mit Verlaub!); Tag und Nacht weinte und heulte er, als wäre er von allen guten Geistern verlassen, und da das bißchen Geduld der Mutter sich gerade dann erschöpfte, als er es am nötigsten gehabt hätte, verbrachte er Monate auf dem Fußboden, aß, was man ihm zuwarf, und war so schmutzig, daß sogar ich mich, der ich mich – warum soll ich es leugnen – nie allzu gründlich wusch, schließlich vor ihm ekelte. So oft er ein Schwein (mit Verlaub!) sah, was auf dem Lande täglich zigmal passiert, geriet er so in Wut, daß er einem Wahnsinnigen glich. Er brüllte noch lauter als sonst, suchte sich schleunigst irgendwo zu verstecken, und solche Angst stand in seinem Gesicht und seinen Augen, daß ich nicht daran zweifle, daß er Luzifer daran gehindert hätte, die Erde zu betreten.

Ich entsinne mich, daß ihn eines Tages – es war ein Sonntag – bei einem solchen Anfall ein derartiges Entsetzen packte und solch eine Wut, daß er auf seiner Flucht, Gott weiß warum, den Herrn Rafael anfiel, der seit dem Tode meines Vaters in unserem Hause ein und aus ging, als handelte es sich um erobertes Gelände. Schlimmeres, als den Alten ins Bein zu beißen, hätte dem armen Kerl nicht einfallen können. Er tat es gewiß auch nicht in böser Absicht. Herr Rafael aber gab ihm mit dem anderen Fuß einen derartigen Tritt gegen eine seiner Narben, daß er wie tot und besinnungslos liegenblieb. Aus der Wunde floß so viel Blut, daß ich meinte, er würde verbluten. Der alte Knacker aber lachte, als hätte er eine Heldentat vollbracht, und solcher Haß erfaßte mich, daß ich ihn mir bei der ersten Gelegenheit vorgeknöpft hätte, wenn ihn nicht Gott aus meiner Nähe zu sich genommen hätte. Das schwöre ich bei meiner Seligkeit.

Das Kind blieb der Länge nach auf dem Boden liegen, während meine Mutter – ich versichere Ihnen, daß ich in jenem Augenblick erschrak über ihre Verderbtheit – es nicht etwa aufhob, sondern in das Gelächter des Herrn Rafael einstimmte. Weiß Gott, es fehlte mir nicht am guten Willen, ihn aufzunehmen, aber ich zog es vor, es nicht zu tun... Hätte mich in dem Augenblick etwa der Herr Rafael feige genannt, bei Gott, ich hätte ihn vor meiner Mutter in Stücke gerissen.

Ich ging ins Dorf und suchte zu vergessen. Unterwegs traf ich meine Schwester, die damals im Dorf ihren Geschäften nachging, erzählte ihr das Vorgefallene, und in ihre Augen trat ein solcher Haß, daß ich darüber nachsann, wie gefährlich es sein müßte, sie zur Feindin zu haben. Dabei dachte ich, ich weiß nicht, warum, an den Estirao und freute mich bei dem Gedanken, daß meine Schwester ihm vielleicht einmal solche Augen machen könnte.

Als wir ganze zwei Stunden nach dem Vorfall ins Haus zurückkehrten, verabschiedete sich Herr Rafael. Mario lag immer noch an der gleichen Stelle, er stöhnte leise, den Mund auf dem Boden. Die Narbe war dunkelrot, und er sah so erbärmlich aus wie ein Komiker zur Fastenzeit. Meine Schwester, die wohl glaubte, ich würde einen Riesenkrach schlagen, hob ihn vom Boden auf und legte ihn in den Backtrog. Sie erschien mir schöner denn je an diesem Tage in ihrem himmelblauen Kleid und wie eine Mutter aus den wilden Wäldern, sie, die nie eine war und nie eine sein sollte...

Als Herr Rafael endlich gegangen war, nahm meine Mutter Mario auf, setzte ihn auf ihren Schoß und leckte seine Wunden die ganze Nacht, wie eine Hündin ihre neugeborenen Welpen. Der Kleine ließ sich umsorgen und lächelte... Er schlief ein, und auf seinen Lippen blieb der Schatten des Lächelns. In jener Nacht habe ich ihn wohl das einzige Mal in seinem Leben lächeln gesehen...

5

Es verging einige Zeit, ohne daß ihm ein neues Unglück zustieß. Wem aber das Schicksal nachstellt, der entgeht ihm nicht, auch wenn er sich unter Felsblöcken versteckt. So kam der Tag, an dem wir Mario nach langer Suche in einem großen Ölkrug fanden, ertrunken. Meine Schwester Rosario fand ihn. Er lag da wie eine diebische Eule, die der Wind umgeweht hatte, über den Rand des Krugs gebeugt, die Nase im Schlamm auf dem Boden. Als wir ihn aufhoben, lief ein dünnes Fädchen Öl aus seinem Munde, als sei er eben dabeigewesen, goldenen Zwirn im Leib abzuspulen. Sein Haar, das zu Lebzeiten stumpf und aschfarben war, glänzte dermaßen, daß man meinen konnte, er sei ein vom Tode Auferstandener. Solch wunderliche Dinge sind mir von Marios Ende in Erinnerung geblieben...

Meine Mutter weinte auch über den Tod ihres Kindes nicht. Eine Frau, deren Herz so verhärtet ist, daß sie nicht einmal über das Unglück des eigenen Sohnes Tränen vergießt, muß wohl ein innerlich völlig abgestorbener Mensch sein... Ich aber, ja, ich schäme mich nicht, es einzugestehen, weinte ebenso wie meine Schwester Rosario. Gegen meine Mutter aber erfaßte mich solcher Haß, der so schnell wuchs, daß ich mich vor mir selber fürchtete. Eine Frau ohne Tränen ist nutzlos wie ein Brunnen ohne Wasser oder wie ein Vogel in den Lüften, der nicht singt und der, wenn Gott es so wollte, die Flügel verliert, weil sie das Kleintier auf der Erde besser brauchen könnten!

Ich habe oft darüber nachgedacht und tue das, wenn ich bei der Wahrheit bleiben soll, auch heute noch, warum ich zunächst jegliche Achtung vor meiner Mutter und im Lauf der Jahre auch die Zuneigung und jegliches

Gefühl der Verbundenheit mit ihr verlor. Darüber dachte ich viel nach, denn ich wollte Licht in das Dunkel der Vergangenheit bringen, um zu erkunden, wann sie aufhörte, mir eine Mutter zu sein, und wann sie zu meiner Feindin wurde; zu einer tollwütigen Feindin, denn es gibt keinen schlimmeren Haß als den unter Menschen gleichen Blutes. Zu einer Feindin, die mir das Dasein vergällte, denn nichts haßt man mehr als das, dem man ähnlich ist und was man aufgrund dieser Ähnlichkeit verabscheut. Nach langem Sinnen und ohne damit etwas zu klären, kann ich nur feststellen, daß ich die Achtung vor ihr verlor, als ich an ihr keine Tugend entdeckte, der ich hätte nachleben, und keine Gabe Gottes, die ich mir hätte wünschen können. Und aus meinem Herzen muß ich sie verbannt haben, als ich in ihr soviel Schlechtes sah, das alles in meiner Brust keinen Platz fand. Es dauerte einige Zeit, bis ich sie tatsächlich haßte – weder die Liebe noch der Haß entstehen ja an einem Tag –, und wenn ich den Beginn des Hasses festlege auf die Zeit von Marios Tod, so glaube ich mich kaum zu irren.

Wir mußten das Kind mit Leintüchern abtrocknen, damit es nicht zu schmierig vor das Letzte Gericht trat; dann zogen wir ihm Baumwollsachen an, die wir im Haus fanden, und Hanfschuhe, die ich im Dorf erstand. Wir banden ihm seinen malvenfarbenen Schlips zu einer Schleife um den Hals, daß es aussah, als habe sich ein unschuldiger Schmetterling auf den Toten gesetzt. Herr Rafael half uns den Sarg zu zimmern; er schien mit dem Toten Mitleid zu haben, den er im Leben so erbarmungslos behandelt hatte. Er kam und ging hin und her, emsig und selbstgefällig wie eine Braut, mit ein paar Nägeln in der Hand, mit einem Brett oder dem Topf voll Bleiweiß. Ich konzentrierte meine Aufmerksamkeit auf seine Geschäftigkeit, denn ich hatte das Gefühl, ohne weder damals noch heute zu wissen, warum oder warum nicht, daß er sich im Innern in Rosenwasser badete. Als er wie abwesend vor sich hinsagte: »Der Wille Gottes geschehe! Engel gehören in den Himmel!...« machte es mich so nachdenklich, daß es mich heute noch ungewöhnliche Mühe kostet zu beschreiben, was in mir vorging. Dann, während er die Bretter zusammennagelte und den Sarg strich, wiederholte er wie einen Refrain: »Engel gehören in den Himmel! In den Himmel gehören sie...!«

Seine Worte schlugen an mein Herz, als hätte ich eine Uhr darin... Eine Uhr, die mir die Brust sprengen wollte... Eine Uhr, die den Worten gehorchte, die er nach und nach wie mit Vorbedacht fallenließ, eine Uhr, die seinen Äuglein gehorchte, die feucht und blau wie die der Schlangen waren und die mich voll geheuchelter Teilnahme anblickten, während in meinen Adern nur dumpfer Haß pulste. Nur mit Ekel denke ich an diese Stunden zurück: »Engel gehören in den Himmel! In den Himmel gehören sie...!«

Der Hurensohn – und wie sich der Fuchs verstellte! Sprechen wir lieber von anderen Dingen.

Ich habe nie in Erfahrung gebracht, wie Engel eigentlich aussehen; allerdings habe ich mir auch nie Mühe gegeben, darüber ernstlich nachzudenken. Zeitweise stellte ich sie mir blond und in langen blauen oder rosa Gewändern vor. Zuweilen wieder meinte ich, sie seien von der Farbe der Wolken und zierlicher noch als die Halme des Kornes. Mit Sicherheit jedoch habe ich sie mir immer anders vorgestellt, als mein Bruder Mario aussah. Das war wohl auch der Grund, daß ich hinter Herrn Rafaels Worten einen verborgenen Sinn suchte, die böse Absicht und die doppelte Bedeutung, wie sie bei seiner Schlechtigkeit zu erwarten waren.

Die Beerdigung war, wie vor Jahren die meines Vaters, ärmlich und langweilig; hinter dem Sarge gingen, ohne Übertreibung, nicht mehr als fünf oder sechs Personen: Don Manuel, das Mönchlein Santiago, Lola, ein paar alte Weiber und ich. Vorneweg ging Santiago mit dem Kreuz, er pfiff sich eins und trat nach den Steinen. Hinter dem Sarg schritten Don Manuel, über der Soutane den weißen Ornat, der wie ein Frisiermantel aussah, und zum Schluß die Alten, klagend und weinend, daß, wer sie sah, meinen konnte, sie seien alle zusammen die Mutter dessen, der da zu Grabe getragen wurde.

Halb und halb war ich damals schon mit Lola verlobt. Ich sage halb und halb verlobt, denn obwohl wir uns mit gewisser Zuneigung anblickten, hatte ich in Wirklichkeit nie gewagt, ihr eine Liebeserklärung zu machen. Ich fürchtete, sie könnte mich abweisen. Und obwohl sie mir so oft wie möglich über den Weg lief, damit ich mich entschiede, war die Schüchternheit in mir stärker und ließ mich die Angelegenheit, die sich schon länger als schicklich hinzog, weiter und weiter hinausschieben. Ich muß damals achtundzwanzig oder dreißig Jahre alt gewesen sein. Und sie, die etwas jünger war als Rosario, meine Schwester, war ein- oder zweiundzwanzig. Lola war groß gewachsen, hatte schwarzes Haar, war von dunkler Hautfarbe und hatte Augen, so tief und so dunkel, daß es einem durch und durch ging, wenn man sie ansah. Sie hatte festes Fleisch; ihr Körper war abgehärtet und gesund. Und sie war so gut entwickelt, daß man meinen konnte, vor einer Mutter zu stehen. Bevor ich jedoch fortfahre und es vielleicht vergessen könnte, möchte ich Ihnen an dieser Stelle und um wie stets bei der Wahrheit zu bleiben, sagen, daß sie damals so unberührt wie bei ihrer Geburt war und so wenig von Männern wußte wie eine Novize. Ich möchte dies besonders betonen, um kein falsches Bild von ihr entstehen zu lassen. Was sie später in den letzten Jahren ihres Lebens trieb – Gott allein weiß darum –, muß sie mit ihrem Gewissen abmachen. Doch was sie zu jener Zeit tat, so bin ich ganz sicher, daß ihr jeder unzüchtige Gedanke fernlag, so daß ich augenblicklich meine Seele dem Teufel verschreiben würde, sollte man mir das Gegenteil beweisen. Sie trat beherrscht und sicher auf und mit solcher Unbekümmertheit und solchem Stolz, daß sie alles eher zu sein schien als ein armes Bauernmädchen. Ihr üppiges Haar trug sie zu einem dicken Zopf geflochten, der über den Rücken hing. Er erregte viel Aufsehen, und als ich einige Monate später als Ehemann darüber bestimmen konnte, machte es mir Spaß, mir mit dem Zopf übers Gesicht zu streichen, so weich war er und so köstlich duftete er: nach Sonne, nach Thymian und nach den kühlen Schweißperlen, die sich auf ihrer Oberlippe bildeten, wenn sie außer Atem geriet...

Die Beerdigung – um auf den Tod meines Bruders zurückzukommen – verlief ohne Zwischenfälle. Das Grab war schon ausgehoben, wir legten meinen Bruder hinein und deckten ihn mit Erde zu. Don Manuel sprach ein lateinisches Gebet, und die Frauen knieten nieder. Als Lola niederkniete, sah ich oberhalb der schwarzen Strümpfe ihre Beine, weiß und prall wie Würste. Ich schäme mich dessen, was ich jetzt sagen muß, aber möge Gott es zur Rettung meiner Seele anrechnen für die unendliche Mühe, die es mich gekostet: in jenem Augenblick freute ich mich über den Tod meines Bruders... Lolas Schenkel leuchteten wie Silber, das Blut hämmerte mir in den Schläfen, und das Herz wollte mir aus der Brust springen.

Ich sah weder Don Manuel noch die Frauen fortgehen. Als ich wieder zu mir kam, saß ich auf der Erde, die wir eben über Marios Leiche geschaufelt hatten. Warum und wie lange ich so dasaß, sind zwei Dinge, die ich nie herausfand. Ich erinnere mich, wie das Blut weiter in meinen Schläfen pulsierte, das Herz davonfliegen wollte. Die Sonne sank, ihre letzten Strahlen trafen die trauernde Zypresse, meine einzige Gesellschaft. Es war heiß. Ich zitterte am ganzen Körper, konnte mich nicht rühren, als hielt mich der Blick eines Wolfes gebannt.

Neben mir stand Lola, ihre Brust hob und senkte sich beim Atmen...

»Und du?«

»Das siehst du doch.«

»Was machst du hier?«

»Nichts weiter... hier...« Ich stand auf, packte sie am Arm.

»Was machst du?«

»Nichts, das siehst du doch, nichts!«

Lola schaute mich mit einem Blick an, der mich schaudern ließ. Ihre Stimme kam wie aus dem Jenseits, tief und hohl, war wie die einer Erscheinung. »Du bist wie dein Bruder!«

»Ich?«

»Ja, du.«

Es war ein wilder Kampf. Zur Erde geworfen, bezwungen, war sie schöner denn je... Ihre Brüste hoben und senkten sich, während sie immer schneller atmete... Ich packte sie bei den Haaren und preßte sie fest gegen den Boden. Sie wehrte sich nach Kräften, wand sich hin und her...

Ich biß sie, bis das Blut kam, bis sie sich ergab und willig war wie eine junge Stute.

»War es das, was du wolltest?«

»Ja.«

Lola lachte und entblößte dabei ihre schönen weißen

Zähne. Dann strich sie mir übers Haar. »Bist du doch nicht wie dein Bruder. Du bist ein Mann.« Von ihren Lippen schienen die Worte widerzuhallen: »Du bist ein Mann ... ein Mann!«

Die Erde war weich, ich erinnere mich gut daran, und auf der Erde ein halbes Dutzend Mohnblüten für meinen toten Bruder: sechs Blutstropfen ...

»Du bist nicht wie dein Bruder. Du bist ein Mann.«

»Liebst du mich?«

»Ja!«

6

Die Vorsehung wollte, daß vierzehn Tage vergingen, seit ich das Vorhergehende niederschrieb, ohne daß ich in der ganzen Zeit zur Feder greifen konnte, derart war ich durch Verhöre und Besuche meines Verteidigers und durch die Verlegung in dieses neue Gefängnis in Anspruch genommen. Jetzt, nachdem ich dieses noch nicht allzu dicke Bündel Blätter noch einmal durchgelesen habe, überstürzen und verwirren sich in meinem Kopf die unterschiedlichsten Gedanken. Je mehr ich aber nachdenke, desto weniger gelingt es mir herauszufinden, an welcher Stelle ich verweilen soll. Sie werden inzwischen festgestellt haben, daß ich schon über genug Unheil berichtet habe, und ich fürchte, meine Kräfte werden nicht ausreichen, wenn ich an das herangehe, was mir noch zu erzählen bleibt und noch weit schlimmer ist. Mir graut vor der Genauigkeit meines zuverlässigen Gedächtnisses, wenn ich sehe, wie mein ganzes Leben – von dem es keine Möglichkeit gibt, mich abzuwenden – auf diesen Seiten so klar und deutlich zu lesen steht wie auf einer Tafel. Es ist, weiß Gott, komisch und traurig zugleich, innezuhalten und darüber nachzudenken, daß ich wahrscheinlich, wäre ich nur vor Jahren schon darauf gekommen, meinen Verstand so anzustrengen, wie ich es jetzt tue, statt in einer Zelle zu schreiben, im Hof in der Sonne sitzen, Aale im Bach fischen oder im Wald Kaninchen jagen würde. Ich würde irgendeiner Beschäftigung nachgehen, wie es – ohne viel darüber nachzudenken – die meisten Menschen tun. Ich wäre frei, wie es die meisten Menschen sind, ohne sich darüber groß Gedanken zu machen. Ich hätte noch Gott weiß wie viele Lebensjahre vor mir, wie sie die Mehrzahl der Menschen haben, ohne sich darüber im klaren zu sein, daß sie sie gemächlich verbringen können...

Der Ort, an dem ich jetzt bin, ist besser. Man sieht durch das Fenster ein Gärtchen, gepflegt und sauber wie ein Salon, und hinter dem Gärtchen dehnt sich bis an die Berge die Ebene, braun wie die Haut der Menschen. Dann und wann ziehen über die Ebene Maultiere Richtung Portugal, Esel traben zu den Hütten, Frauen und Kinder gehen zum Brunnen.

Ich atme Luft, die ungehindert in die Zelle strömt und sie wieder verläßt, diese Luft, die vielleicht morgen oder an einem anderen Tag der Maultiertreiber einatmet, der vorüberzieht... Ich sehe den Schmetterling in seiner ganzen Farbenpracht, der wie trunken wieder und wieder um die Sonnenblumen taumelt, der ungehindert in meine Zelle fliegt, zweimal rundum und wieder hinaus. Vielleicht wird er sich schließlich auf dem Kopfkissen des Direktors niederlassen... Ich fange mit meiner Mütze die Maus, die fraß, was ich übrigließ; ich betrachte sie und lasse sie ungehindert laufen, mit leisen Schrittchen, und sich in ihrem Loch verstecken, diesem Loch, aus dem sie herauskommt, um das Mahl des Fremden zu teilen, der nur vorübergehend in der Zelle ist, aus der er in der Regel den Weg zur Hölle antritt...

Sie glauben mir vielleicht nicht, wenn ich Ihnen sage, daß mich in diesen Augenblicken eine solche Traurigkeit überfällt und solche Angst, daß ich Ihnen versichern kann, meine Reue ist nicht geringer als die eines Heiligen. Sie glauben mir vielleicht nicht, weil Sie inzwischen zuviel und allzu Schlechtes von mir gehört und sich ein ebensolches Urteil von mir gebildet haben, aber dennoch... Ich erzähle es Ihnen, vielleicht nur, um es einmal gesagt zu haben, vielleicht aber auch, um weiter glauben zu können, daß Sie verstehen, was ich Ihnen sage, und es auch glauben, obwohl ich es nicht bei meiner Seligkeit beschwöre, denn ein solcher Schwur hätte keinerlei Bedeutung mehr... Bitter steigt es mir in der Kehle auf, als stellte mein Herz Aloe statt Blut her. Bitternis steigt und fällt in meiner Brust und läßt auf dem Gaumen einen widerwärtigen Geschmack zurück, der mir feucht auf der Zunge liegt und mein Inneres durch seinen dumpfen, stikkigen Dunst verdorrt wie die Luft in einem Nischengrab.

Ich habe eine Weile lang nicht geschrieben, es mögen zwanzig Minuten gewesen sein, vielleicht eine Stunde, vielleicht auch zwei... Ein paar Menschen gingen auf dem Weg vorüber, man konnte sie von meinem Fenster aus gut sehen. Sie dachten wahrscheinlich nicht daran, daß ich sie beobachtete, so ungezwungen bewegten sie sich. Es waren zwei Männer, eine Frau und ein Kind; sie schienen zufrieden ihren Weg zu gehen. Die Männer waren ungefähr dreißig Jahre alt, die Frau etwas jünger, das Kind war nicht älter als sechs. Es ging barfuß und trieb sich zwischen den Büschen herum wie ein Zicklein, mit einem Hemdchen bekleidet, das den kleinen Bauch freiließ. Es trabte ein paar Schritte voraus, blieb stehen, warf einen Stein hinter dem Vogel her, der vorbeiflatterte... in nichts ähnelte es Mario, und doch erinnerte es mich an meinen Bruder.

Die Frau wird seine Mutter gewesen sein. Sie war dunkelhäutig wie die anderen auch, und ihr Körper brachte solche Freude zum Ausdruck, daß es einen glücklich machte, ihr nur zuzusehen. Sie war sehr verschieden von meiner Mutter, und doch, warum erinnerte sie mich so an sie?

Verzeihen Sie, ich vermag nicht weiterzuschreiben. Wenig fehlt, und ich muß weinen... Sie wissen so gut wie ich, daß ein Mann sich nicht von den Tränen überwältigen lassen darf wie irgendeine Frau.

Ich will in meiner Erzählung fortfahren. Sie ist traurig genug, ich weiß es sehr wohl. Noch trostloser aber erscheint mir dieses Philosophieren, für das mein Herz nicht geschaffen ist, diese Maschine, die das Blut pumpt, das durch irgendeinen Dolchstoß vergossen werden wird...

7

Meine Beziehungen zu Lola folgten Wegen, die Ihnen nicht verborgen geblieben sein werden. Ich wurde nach einiger Zeit – noch keine fünf Monate waren seit meines Bruders Tod vergangen – von einer Nachricht überrascht, die mich eigentlich weniger hätte überraschen sollen. Da merken Sie, wie es so geht.

Es war am Tag des heiligen Karl im Monat November. Wie schon seit Monaten war ich auch an diesem Tage zu Lola nach Haus gegangen, wie immer stand die Mutter sogleich auf und ließ uns allein. Ich fand meine Braut ein wenig blaß und anders als sonst. Bald wußte ich, warum. Mir schien, als habe sie geweint, als bedrücke sie ein tiefer

Schmerz. Unsere Unterhaltung, die nie sehr lebhaft gewesen war, verstummte völlig, als erschrecke sie vor unseren Stimmen wie die Grille vor den Schritten eines Vorübergehenden oder die Rebhühner vor dessen Gesang. Ich setzte verschiedentlich zum Sprechen an, aber die Worte blieben mir im Halse stecken, und der war so trocken wie eine Mauer.

»Also, wenn du nicht willst, dann sag eben nichts.«

»Aber ich will doch!«

»Dann sprich, oder störe ich dich?«

»Pascual!«

»Was denn?«

»Weißt du was?«

»Nein.«

»Kannst du es dir nicht denken?«

»Nein!«

Heute muß ich lachen, wenn ich daran denke, wie lange ich brauchte, bis mir ein Licht aufging.

»Pascual!«

»Ja?«

»Ich bin schwanger.«

Zuerst begriff ich nicht. Ich war wie vor den Kopf geschlagen, so wenig war ich auf diese Nachricht vorbereitet. Nie hatte ich gedacht, daß das, was doch so natürlich war, eintreten könnte. Ich weiß nicht, wo ich meinen Verstand hatte.

Das Blut stieg mir zu Kopf, und meine Ohren wurden glutrot. Die Augen brannten mir, als sei Seife hineingeraten...

So vergingen wenigstens zehn Minuten in tödlichem Schweigen. Der Puls hämmerte in meinen Schläfen, dröhnend wie die Schläge einer Turmuhr. Erst nach einer Weile wurde ich dessen gewahr.

Lolas Atem ging pfeifend wie durch eine Flöte.

»Du bist also schwanger?«

»Ja.«

Lola begann zu weinen. Mir fiel nichts ein, was sie hätte trösten können.

»Sei nicht albern. Die einen sterben, andere kommen zur Welt...«

Vielleicht vergibt mir Gott eine meiner Höllenstrafen dafür, daß ich an jenem Nachmittag so viel Zärtlichkeit verspürte.

»Was ist denn daran so besonders? Auch deine Mutter war schwanger, ehe sie dich zur Welt brachte... und meine auch...«

Ich bemühte mich verzweifelt, irgend etwas zu sagen. Mir war eine Veränderung an Lola aufgefallen. Es war, als sei ihr Inneres nach außen gekehrt worden.

»So ist es nun einmal, das weißt du doch. Du brauchst dich deshalb nicht zu grämen.«

Verstohlen betrachtete ich Lolas Bauch; es war ihr nichts anzusehen. Sie war selten schön mit ihrem bleichen Gesicht und den wirren Haarflechten. Ich zog sie an mich und küßte sie. Sie war kalt wie eine Tote. Lola ließ sich küssen mit einem Lächeln um den Mund, wie das eines Märtyrers aus alten Zeiten.

»Bist du zufrieden?«

»Ja! Sehr.« Lola sprach, ohne zu lächeln. »Liebst du mich... auch so?«

»Ja, Lola, auch so.«

Es war die Wahrheit. In jenen Augenblicken liebte ich sie so, wie sie war... jung und mit einem Kind unter dem Herzen. Mit einem Kind, das, wie ich mir damals einbildete, ich erziehen und zu einem brauchbaren Menschen machen würde.

»Wir werden heiraten, Lola. Wir müssen die Papiere in Ordnung bringen. So kann es nicht weitergehen...«

»Nein.« Lolas Stimme war wie ein Seufzer.

»Und deiner Mutter werde ich beweisen, daß ich wie ein Mann handeln kann.«

»Das weiß sie bereits –«

»Gar nichts weiß sie!«

Als ich endlich daran dachte zu gehen, war es stockfinstere Nacht.

»Ruf deine Mutter.«

»Meine Mutter?«

»Ja.«

»Wozu?«

»Um es ihr zu sagen.«

»Aber sie weiß es doch schon.«

»Das mag sein, aber ich will es ihr selbst sagen.«

Lola stand auf – wie hochgewachsen sie war – und ging. Als sie über die Schwelle der Küche trat, gefiel sie mir mehr denn je.

Kurz darauf kam die Mutter. »Was willst du?«

»Das wissen Sie doch.«

»Weißt du jetzt, was du gemacht hast?«

»Gut habe ich es gemacht.«

»Gut?«

»Ja, gut, oder ist sie noch zu jung dafür?«

Die Mutter schwieg. Nie hätte ich geglaubt, daß sie so friedfertig wäre.

»Ich wollte mit Ihnen sprechen.«

»Worüber?«

»Über Ihre Tochter. Ich werde sie heiraten.«

»Das ist wohl das mindeste. Bist du dazu fest entschlossen?«

»Ja, das bin ich.«

»Hast du dir das gut überlegt?«

»Ja, sehr gut.«

»In so kurzer Zeit?«

»Dafür war es mehr als genug.«

»Dann warte, ich werde sie rufen.«

Die Alte verschwand und kam lange nicht wieder. Sie stritten wohl miteinander. Als sie endlich zurückkam, führte sie Lola an der Hand.

»Schau, er will dich heiraten. Willst du ihn heiraten?«

»Ja.«

»Gut, gut... Pascual ist ein anständiger Junge, er weiß, was er zu tun hat... Na los, gebt euch einen Kuß.«

»Das haben wir schon getan.«

»Dann gebt euch noch einen. Na los, ich will es sehen.«

Ich ging zu Lola und küßte sie, küßte sie heftig, mit meiner ganzen Kraft, preßte sie an meine Schulter, ohne mich um die Anwesenheit der Mutter zu kümmern. Dennoch schmeckte dieser erste erlaubte Kuß nach wenig, nach viel weniger als jene ersten Küsse auf dem Friedhof, die so weit zurückzuliegen schienen.

»Kann ich bleiben?«

»Natürlich, bleib.«

»Nein, Pascual, bleib nicht, noch nicht.«

»Doch, mein Kind, doch. Er soll bleiben. Wird er denn nicht dein Mann?«

Ich blieb und verbrachte die Nacht mit ihr.

Früh am nächsten Morgen ging ich zum Pfarrhaus. Ich betrat die Sakristei. Dort war Don Manuel dabei, sich für die Messe vorzubereiten, die Messe, die er für Don Jesús, für seine Haushälterin und für ein paar alte Frauen las. Als er mich kommen sah, schien er überrascht.

»Du hier?«

»Ja, wie Sie sehen, Don Manuel, ich wollte mit Ihnen sprechen.«

»Wird es lange dauern?«

»Ja, Hochwürden.«

»Kannst du warten, bis ich die Messe gelesen habe?«

»Sicher, Hochwürden, ich habe es nicht eilig.«

»Dann warte.«

Don Manuel öffnete die Tür der Sakristei und wies auf eine Bank in der Kirche, eine Bank, wie es sie in allen Kirchen gibt, aus ungestrichenem Holz, hart und kalt wie der Stein, und doch verbringt man bisweilen schöne Augenblicke darauf.

»Setz dich dort hin. Wenn du siehst, daß Don Jesús niederkniet, knie auch du nieder. Wenn du siehst, daß Don Jesús aufsteht, steh auch du auf. Wenn du siehst, daß Don Jesús sich hinsetzt, setz auch du dich...«

»Ja, Hochwürden.«

Wie alle Messen, dauerte auch diese eine halbe Stunde, aber sie verging mir wie im Fluge. Als sie zu Ende war, ging ich in die Sakristei, wo Don Manuel sich umzog.

»Also sprich.«

»Ja, sehen Sie... ich will heiraten.«

»Das scheint mir nur recht, mein Sohn, sehr recht. Dafür hat Gott Mann und Frau geschaffen, für die Fortdauer des menschlichen Geschlechts.«

»Ja, Hochwürden.«

»Gut. Und wen? Die Lola?«

»Ja, Hochwürden.«

»Hast du das schon lange vor?«

»Nein, Hochwürden, erst seit gestern...«

»Erst seit gestern?«

»Ja. Da sagte sie mir, was los ist.«

»Was los ist?«

»Ja...«

»Schwanger?«

»Ja, Hochwürden, schwanger.«

»Dann allerdings, mein Sohn, ist es das beste, ihr heiratet. Gott wird euch vergeben und bei den Menschen werdet ihr an Achtung gewinnen. Ein Kind, das außerhalb der Ehe geboren wird, ist eine Sünde und eine Schande. Wird es Eltern geschenkt, die vor Gott die Ehe geschlossen haben, ist es ein Segen. Ich werde dir die Papiere in Ordnung bringen. Seid ihr Geschwisterkinder?«

»Nein, Hochwürden.«

»Um so besser. Komm in vierzehn Tagen wieder, dann habe ich alles für dich vorbereitet.«

»Ja, Hochwürden.«

»Wo gehst du jetzt hin?«

»Nun, ich wollte eigentlich arbeiten gehen.«

»Willst du nicht vorher beichten?«

»Ja...«

Ich beichtete und war hinterher ausgeglichen und ruhig, als hätte ich ein heißes Bad genommen.

8

Etwas über einen Monat später, am 12. Dezember, dem Tage der Jungfrau von Guadeloupe, der in jenem Jahr auf einen Mittwoch fiel, heirateten Lola und ich, nachdem zuvor alle Voraussetzungen der kirchlichen Gesetze erfüllt waren.

Ich machte mir Gedanken und war voller Sorge, ja, fast möchte ich sagen, ich fürchtete mich vor dem beabsichtigten Schritt. Heiraten ist schließlich eine ernste Sache, zum Teufel noch mal! Ich war schwach und kleinmütig und versichere Ihnen, daß in solchen Augenblicken nicht viel fehlte und ich hätte alles wieder rückgängig gemacht, alles für null und nichtig erklärt. Wenn es dazu nicht kam, so nur, weil ich fürchtete, daß das Aufsehen zu groß sein würde, und da meine Angst dadurch nicht gemildert würde, hielt ich es für das Beste, ruhig zu bleiben und den Dingen ihren Lauf zu lassen. Lämmer haben vielleicht ähnliche Empfindungen auf dem Weg zur Schlachtbank... Einen Augenblick allerdings glaubte ich, das kann ich wohl sagen, das Kommende würde mich in den Wahnsinn treiben, womöglich war es eine Ahnung, die mich vor dem Unheil warnte, das meiner harrte. Leider stellte mir das gleiche Gefühl kein größeres Glück in Aussicht für den Fall, daß ich Junggeselle bliebe.

Für die Hochzeit gab ich alle Ersparnisse aus, die ich besaß. Denn es ist eine Sache, sich gegen seinen Willen zu verheiraten, eine andere, seiner Stellung entsprechend aufzutreten. So wurde die Hochzeit, wenn auch nicht gerade zu einem glänzenden Ereignis, so doch mindestens ebenso prächtig wie irgendeine andere. Die Kirche wurde mit Mohn und blühendem Rosmarin geschmückt, und sie wirkte behaglich und warm, vielleicht deshalb, weil man das Holz der Bänke und die Fliesen des Bodens nicht so kalt empfand. Lola war in Schwarz, trug ein gut sitzendes Kleid aus bestem Leinen, einen Schleier ganz aus Spitzen, ein Geschenk ihrer Patin, und in der Hand einige blühende Orangenzweige. Sie war stattlich und sich ihrer Rolle so bewußt, daß sie wie eine Königin wirkte. Ich trug einen kleidsamen blauen Anzug mit roten Streifen, zu dessen Einkauf ich extra nach Badajoz gegangen war, dazu eine Schirmmütze aus schwarzem Atlasstoff, ein Taschentuch aus Seide und eine kurze, dicke Uhrkette. Wir waren ein schönes Paar in unserer Jugend und unserem Staat, das können Sie mir glauben. Oh, ihr Zeiten, da es noch Augenblicke gab, in denen man das Glück zu ahnen glaubte. Wie weit entfernt scheint ihr mir jetzt!

Die Trauzeugen waren der junge Herr Sebastián, der Sohn von Don Raimundo, dem Apotheker, und Frau Aurora, die Schwester von Don Manuel, dem Pfarrer, der uns einsegnete und uns zum Schluß noch eine Predigt hielt, die dreimal so lang war wie die Trauungszeremonie. Gott weiß sehr wohl, daß ich sie nur über mich ergehen ließ, weil ich es für meine Pflicht hielt. Ich langweilte mich schrecklich dabei. Wieder sprach er zu uns von der Fortpflanzung der Menschen und auch von Papst Leo XIII. und erzählte uns, ich weiß nicht was, vom heiligen Paulus und den Sklaven. Er hatte seine Predigt wahrhaftig gut vorbereitet!

Nach der kirchlichen Feier – ich glaubte schon, sie würde ewig dauern – gingen wir alle in geschlossenem Zug zu meinem Haus. Dort hatten wir, ohne viel Annehmlichkeiten, aber mit dem besten Willen, für Essen und Trinken gesorgt. Es war genug da für alle und hätte für die doppelte Zahl gereicht. Für die Frauen gab es Schokolade mit Ölkringeln, Mandeltorten, süße Brötchen und Feigenbrot, für die Männer Weißwein und Würstchen, Blutwurst, Oliven und Ölsardinen aus der Büchse. Ich weiß, es gab Leute im Dorf, die bemängelten, daß es kein richtiges Essen gab. Sollen sie ruhig! Sie können sicher sein, daß es mich nicht viel mehr Geld gekostet hätte, ihnen den Gefallen zu tun. Trotzdem zog ich vor, es nicht zu tun, um mich nicht zu lange aufhalten zu müssen, wo ich doch so bald wie möglich mit meiner Frau fort wollte. Ich habe ein ruhiges Gewissen, meine Pflicht getan zu haben, und das ist mir genug. Was das Gerede der Leute angeht, lohnt es nicht hinzuhören.

Nachdem ich den Gästen die nötige Ehre erwiesen hatte, nahm ich, sobald sich die Gelegenheit dazu bot, meine Frau, half ihr, sich hinter mir auf die Stute zu schwingen, die prunkvoll aufgeschirrt war mit dem

Zaumzeug von Don Vicente, das ich mir für diesen Zweck geliehen hatte. Langsam, als fürchtete ich, Lola könnte zu Boden stürzen, schlug ich den Weg nach Mérida ein, wo wir drei Tage verbringen sollten, vielleicht die glücklichsten meines Lebens...

Wohl ein halbes Dutzend Mal hielten wir unterwegs an, um uns ein wenig auszuruhen. Heute stimmt es mich nachdenklich, wenn ich mich an das Vergnügen erinnere, mit dem wir Margeriten pflückten, um sie uns gegenseitig in Kränzen um den Kopf zu winden. Es scheint, als ob Jungvermählten plötzlich die Seelenreinheit der Kindheit zurückgegeben wird...

Als wir in gleichmäßig ruhigem Trab in die Stadt einritten, über die römische Brücke, scheute unglücklicherweise die Stute, vielleicht angesichts des Flusses, und eine arme Alte, die gerade vorüberging, bekam von einem Vorderhuf einen solchen Tritt, daß sie ziemlich übel zugerichtet wurde und um ein Haar kopfüber in den Guadiana gestürzt wäre. Ich stieg rasch ab, um ihr zu helfen, denn sicherlich wäre es nicht recht gewesen, einfach weiterzureiten. Da ich aber den Eindruck hatte, daß die Alte nur höchst ärgerlich war und ihr nichts weiter fehlte, gab ich ihr einen Real – warum sollte ich das leugnen –, klopfte ihr auf den Rücken und kehrte wieder zu Lola zurück. Diese lachte, und, glauben Sie mir, dieses Lachen schmerzte mich sehr. Ich weiß nicht, ob es eine Vorahnung war, etwas wie ein Vorgefühl von dem, was ihr selbst zustoßen sollte. Man soll nicht über das Unglück seiner Mitmenschen lachen. Das sagt Ihnen einer, der im Laufe seines Lebens sehr viel Unglück erfahren hat; Gott straft ohne Knüppel und Stein. Es heißt: wer mit dem Schwert tötet... Deswegen ist es nie fehl am Platz, menschenfreundlich zu sein.

Wir stiegen in der Herberge Zur Amsel ab und nahmen

das große Zimmer rechts vom Eingang, und während der ersten beiden Tage gingen wir nicht ein einziges Mal auf die Straße, so sehr waren wir ineinander vernarrt. Es ließ sich gut sein im Zimmer. Es war geräumig und hatte eine hohe Decke, die von schweren Balken aus Kastanienholz gestützt wurde, der Fußboden war mit Fliesen ausgelegt, und die Einrichtung war bequem und keineswegs spärlich. So war es ein Vergnügen, darin zu wohnen. Die Erinnerung an jenes Zimmer begleitete mich wie ein treuer Freund durch mein ganzes Leben. Das Bett war das prunkvollste, das ich je in meinem Leben sah: das Kopfende war ganz aus geschnitztem Nußbaum und die vier Matratzen aus gewaschener Wolle... wie gut ließ sich darauf ausruhen! Es war wie das Bett eines Königs. Auch gab es eine Kommode, hoch und dickbauchig wie eine Hebamme; sie hatte vier tiefe Schubfächer mit vergoldeten Griffen. Dann war da noch ein Schrank, der bis zur Decke reichte, mit einem Spiegel aus bestem Glas und daneben zwei schlanke Leuchter aus dem gleichen Holze wie der Schrank, einer auf jeder Seite, damit man sich gut betrachten konnte. Sogar der Waschtisch, der für gewöhnlich das schlechteste ist, konnte sich in jenem Zimmer sehen lassen; seine leichten geschwungenen Beine aus Bambus und das Waschbecken aus weißem Steingut, dessen Rand mit ein paar Vögelchen bemalt war, gaben ihm so viel Grazie, daß er einem sympathisch wurde. Über dem Bett hing ein großer Vierfarbendruck, Christus am Kreuze darstellend. Dann war da ein Tamburin mit einer farbigen Zeichnung der Giralda von Sevilla und einem Rand aus blutroten und gelben Troddeln. Daneben hingen rechts und links je ein Paar Kastagnetten und schließlich noch ein Gemälde des Circo Romano, das ich ob der großen Ähnlichkeit für sehr gut hielt. Außerdem stand auf der

Kommode eine Uhr mit einem kleinen Zifferblatt, das die Weltkugel darstellte, die von einem nackten Mann auf den Schultern getragen wurde; dann noch zwei Krüge aus Talavera mit den typischen blauen Zeichnungen, etwas alt schon, aber immer noch diesen Glanz bewahrend, der sie so hübsch macht. Stühle gab es sechs, zwei davon hatten Armlehnen, alle aber hohe Rückenlehnen und dunkelrote weiche Plüschsitze. Sie standen sicher auf dem Boden und waren so bequem, daß ich sie noch oft vermißte, als wir wieder zu Hause waren, ganz zu schweigen von meinem derzeitigen Aufenthaltsort. Trotz der vielen Jahre, die vergangen sind, erinnere ich mich ihrer noch sehr gut.

Meine Frau und ich verbrachten die Stunden im Genuß all der Annehmlichkeiten, die sich uns boten. Und wie ich schon sagte, gingen wir anfangs überhaupt nicht aus dem Haus. Was kümmerte es uns schon, was auf der Straße geschah; wir hatten ja dort drin alles, was uns der Rest der Stadt nicht bieten konnte.

Glauben Sie mir, das Unglück ist etwas Schlimmes. Das Glück dieser zwei Tage kam mir schon seltsam vor, weil es so vollkommen schien.

Am dritten Tage, dem Sonnabend, fanden wir uns plötzlich der Polizei gegenüber. Die Angehörigen der umgerittenen Alten hatten unseren Aufenthaltsort ausfindig gemacht und sie verständigt. Vor der Tür rottete sich ein kleiner Haufen Jungen zusammen, als sie erfuhren, daß die Gendarmen dawaren, und machten uns eine solche Katzenmusik, daß uns noch einen Monat später die Ohren davon klangen. Welch bösartige Grausamkeit weckt bloß bei Kindern der Geruch von Gefangenen? Wie seltenes Gewürm schauten sie uns an mit leuchtenden Augen, mit lüsternem Grinsen um den Mund. Genauso schauen sie zu, wenn im Schlachthof ein Schaf, erstochen wird, jenes Schaf, in dessen noch warmes Blut die Hanfschuhe getaucht werden. Genauso schauen sie nach dem Hund, den ein Wagen überfuhr und den sie mit einem Stöckchen antippen, um festzustellen, ob er noch am Leben ist. Genauso schauen sie auf die fünf neugeborenen Kätzchen, die sie steinigen, diese fünf Kätzchen, die sie von Zeit zu Zeit aufnehmen, um mit ihnen zu spielen, damit ihr Leben und ihr Leiden noch etwas verlängert wird. Anfangs setzte mir die Ankunft der Gendarmen gehörig zu, und ich fürchte, daß ich meine Bestürzung nicht habe verbergen können, obschon ich mich redlich bemühte, Ruhe zu wahren. In Begleitung der Polizei war ein junger Bursche von etwa fünfundzwanzig Jahren, ein Enkel der Alten, aufgeschossen und anmaßend, wie man es in diesem Alter ist. Das war meine Rettung. Sie wissen ja, es gibt unter Männern nichts Besseres als miteinander zu reden und mit dem Beutel zu klingeln. Und als ich ihn einen galanten Mann nannte und ihm sechs Peseten in die Hand drückte, war er weg, schneller als ein Blitz und fröhlicher als ein Paar Kastagnetten und sicherlich Gott darum bittend, die Großmutter in seinem Leben noch recht oft unter den Hufen eines Pferdes zu sehen. Die Gendarmen aber, wahrscheinlich weil der geschädigte Teil so rasch Vernunft annahm, zwirbelten ihre Schnurrbärte, räusperten sich, sprachen von der Gefahr des zu häufigen Gebrauchs der Sporen, ließen mich aber, was die Hauptsache war, allein, ohne mich weiter zu belästigen.

Lola war wie erstarrt von dem Schreck, den ihr der Besuch eingejagt hatte. Aber da sie nicht wirklich feige war, wenn auch ein wenig ängstlich, erholte sie sich nach wenigen Momenten von dem Verdruß. Die Farbe kehrte in ihr Gesicht zurück, das Leuchten in ihre Augen und das Lächeln auf ihre Lippen, und bald war sie wieder so reizend und so sicher ihrer selbst wie stets.

Damals, ich erinnere mich dessen gut, merkte ich zum ersten Male eine Veränderung in ihrer Gestalt. Es gab meinem Herzen einen Stoß, sie so zu sehen. Das beruhigte bei allen meinen Sorgen mein Gewissen, das sich etwas quälte, weil mein Herz bislang bei dem Gedanken an mein erstes Kind nicht höher geschlagen hatte. Man sah noch nicht sehr viel, und es ist leicht möglich, daß es mir gar nicht aufgefallen wäre, hätte ich nicht darum gewußt.

Wir kauften in Mérida einige wertlose Dinge fürs Haus. Aber da wir nicht viel Geld mitgenommen hatten und das bißchen außerdem durch die sechs Peseten, die ich dem Enkel der Alten gegeben hatte, sehr zusammengeschmolzen war, beschloß ich, ins Dorf zurückzukehren. Denn es schien mir eines vorsichtigen Mannes unwürdig, alles Geld bis auf den letzten Pfennig auszugeben. Ich sattelte also die Stute wieder, legte ihr das festliche Zaumzeug und die Zügel von Don Vicente an, rollte die Decke zusammen und kehrte, mit meiner Frau hinter mir wie auf dem Hinweg, wieder nach Torremejía zurück. Wie Sie wissen, lag mein Haus am Weg nach Almendralejo; da wir von Mérida kamen, mußten wir also an der ganzen Häuserreihe vorbei, um nach Hause zu kommen. Und weil es auf den Abend zuging, konnten uns alle Nachbarn sehen, wie wir hoch zu Roß heimkehrten, und uns ihre Zuneigung bekunden, die sie damals für uns verspürten, indem sie uns herzlich willkommen hießen. Ich sprang, um Lola nicht zu treten, mit einer Volte über den Kopf vom Pferd, dazu aufgefordert von den Kameraden meiner Junggesellenzeit und meinen Gefährten der Feldarbeit. Mit ihnen zog ich im Nu davon zum Hahn, der Kneipe Martinetes. Wie eine Lawine drangen wir bei ihm ein, laut singend, und der Wirt drückte mich in einer Umarmung an seinen Bauch, daß nur wenig fehlte und mir wäre bei der Kraft, die er anwandte, und dem Dunst von Weißwein, den er ausströmte, schlecht geworden. Lola küßte ich auf die Wange und schickte sie nach Hause, ihre Freundinnen zu begrüßen und mich zu erwarten. Sie ritt davon, eine stolze Reiterin auf der schönen Stute, in aufrechter Haltung und hochmütig wie eine Königstochter. Sie hatte keine Ahnung, daß das Tier die Ursache unseres ersten Kummers sein sollte.

In der Taverne, wo es eine Gitarre, viel Wein und genügend gute Laune gab, war alles eitel Freude und Fröhlichkeit; mit uns selbst beschäftigt und der Welt entrückt, merkten wir nicht, wie beim Singen und Trinken die Zeit verstrich. Zacharias, Don Julians Sohn, ließ immer noch eine Seguidilla erklingen. Es war eine Lust, seiner Stimme, die so sanft war wie die eines Distelfinken, zu lauschen. Sang er, so schwiegen wir anderen – solange wir noch nüchtern waren –, um ihm wie verzaubert zuzuhören, aber als uns erst von der Unterhaltung und vom Wein warm geworden war, sangen wir gemeinsam in der Runde. Und wenn unsere Stimmen auch nicht gerade sehr harmonisch klangen, verzieh man uns doch alles, weil soviel Vergnügliches dabei herauskam.

Leider nur kann man nie voraussagen, wohin solche Ausgelassenheit uns Menschen führt. Wüßte man das vorher, so könnten wir uns gewiß den einen oder anderen Verdruß ersparen. Ich stelle dies nur fest, weil das Abendvergnügen im Hahn so ausging wie das Rosenkranzgebet in der Morgenstunde: keiner von uns konnte beizeiten ein Ende finden. Die Sache war ganz einfach, so einfach wie alle die Dinge sind, die uns letztlich das Leben am meisten komplizieren.

Man sagt, der Fisch stirbt durch den Mund, und auch, daß viel irrt, wer viel redet, und endlich, daß in einen geschlossenen Mund keine Fliegen hinein können. Irgend etwas, meiner Treu, muß an alledem wahr sein, denn hätte Zacharias den Mund gehalten, wie Gott es befiehlt und sich nicht in Dinge gemischt, die ihn nichts angingen, dann hätte er sich Zank und Streit erspart und brauchte heute mit seinen drei Narben den Nachbarn nicht als Wetterfrosch zu dienen und ihnen den Regen anzukündigen. Der Wein ist kein guter Ratgeber.

Mitten in all dem Trubel und wohl, um besonders witzig zu erscheinen, erzählte uns Zacharias eine Geschichte, die von einem diebischen Täuberich handelte, dem ich weiß nicht was passiert sei. Jedenfalls hätte ich in jenem Augenblick schwören können – und ich würde das auch heute noch tun –, daß er mit seiner Erzählung mich im Auge hatte. Ich war wahrhaftig nie empfindlich; aber es gibt derart direkte Anspielungen – oder man hält sie dafür –, daß man einfach nicht so tun kann, als sei man nicht gemeint, und man bleibt nicht ruhig, sondern springt vom Stuhl auf.

Ich warnte ihn: »Ich finde das wirklich nicht sehr witzig.«

»Aber alle anderen finden es witzig, Pascual.«

»Das mag sein, ich leugne es nicht. Aber ich meine, es ist nicht recht, die Mehrzahl auf Kosten einzelner zum Lachen zu bringen.«

»Nimm's nicht so ernst, Pascual, du weißt doch, wer keinen Spaß versteht...«

»Ebenso wenig scheint es mir richtig, von Späßen zu Beleidigungen überzugehen.«

»Du meinst doch damit nicht mich?«

»Nein, ich meine den Gouverneur.«

»Du scheinst ein Mann zu sein, der den Mund ein wenig voll nimmt.«

»Der aber zu seinen Worten steht.«

»Zu seinem Worte steht?«

»Ja.« Ich stand auf.

»Wollen wir hinausgehen?«

»Nicht nötig.«

»Du hältst dich offenbar für sehr tapfer.«

Die Freunde traten zur Seite. Nie haben sich Männer ins Zeug gelegt, um eine Messerstecherei zu vermeiden.

Ich öffnete das Messer mit Bedacht. In solchen Augenblicken können Haß und Übereilung tödliche Folgen haben. In der Stille hätte man das Summen einer Fliege hören können.

Ich ging auf ihn zu und versetzte ihm, ehe er noch Zeit fand, sich in Positur zu stellen, drei Stiche. Er zitterte an allen Gliedern. Als sie ihn forttrugen zur Apotheke von Don Raimundo, floß sein Blut wie aus einer Quelle...

9

In Begleitung von drei oder vier der treuesten Freunde zog ich nach Hause, etwas angewidert von dem Geschehen.

»Das war aber wirklich Pech... drei Tage nach der Hochzeit.«

Schweigend gingen wir weiter, ließen die Köpfe hängen wie Trauernde.

»Er hat es sich selbst eingebrockt. Ich habe keine Gewissensbisse. Hätte er nur den Mund gehalten!«

»Denk nicht mehr daran, Pascual.«

»Es tut mir aber leid, Mensch, eigentlich war doch alles schon vorbei.«

Der Morgen dämmerte herauf, und die Hähne krähten ihren Weckruf. Die Felder rochen nach Ziströschen und Thymian.

»Wo hab' ich ihn denn getroffen?«

»In die Schulter.«

»Wie oft?«

»Dreimal.«

»Wird er durchkommen?«

»Natürlich, Mensch. Ich glaub' schon, daß er durchkommen wird.«

»Um so besser.«

Nie war mir mein Haus so abgelegen vorgekommen wie in jener Nacht.

»Kalt ist's.«

»Ich weiß nicht, mir ist nicht kalt.«

»Dann steckt's wohl in mir.«

»Möglich...«

Wir kamen am Friedhof vorbei.

»Muß nicht gut sein, da zu liegen.«

»Warum sagst du das, Mensch? Dir fallen aber auch seltsame Dinge ein.«

»Nun ja...«

Die Zypresse glich einem Gespenst, hoch und dürr, ein Wächter der Toten.

»Wie häßlich die Zypresse ist.«

»Ja, wirklich, häßlich.«

Auf der Zypresse ließ eine Eule, dieser Unheilsbote, ihren geheimnisschweren Schrei ertönen.

»Ein Unglücksvogel ist das.«

»Ja, ein Unglücksvogel...«

»Jede Nacht sitzt er dort.«

»Jede Nacht...«

»Es gefällt ihm anscheinend, den Toten Gesellschaft zu leisten.«

»Scheint so...«

»Was fehlt dir denn?«

»Nichts, mir fehlt nichts, dumme Gedanken nur...«

Ich sah Domingo ins Gesicht. Er war bleich wie einer, der im Sterben liegt. »Bist du krank?«

»Nein...«

»Hast du Angst?«

»Angst? Ich? Vor wem sollte ich Angst haben?«

»Vor niemandem, Mensch. Ich wollte nur etwas sagen.«

Der junge Herr Sebastián schritt dazwischen. »Nun seid aber endlich still. Womöglich wollt auch ihr euch noch in die Haare kriegen.«

»Nein...«

»Ist's noch weit, Pascual?«

»Nein. Warum?«

»Nur so.«

Es war, als hebe jemand das Haus mit Zauberhand auf und versetze es immer weiter von uns fort.

»Sind wir schon zu weit gegangen?«

»Ach wo, Mensch. Irgendein Licht wird sie doch angesteckt haben.«

Schweigend gingen wir weiter. Es konnte nicht mehr weit sein.

»Ist es das dort?«

»Ja doch.«

»Und warum sagst du es nicht?«

»Wozu denn? Wußtest du es nicht?«

Die Stille, die im Hause herrschte, machte mich stutzig. Eigentlich müßten doch die Frauen noch dasein, denn so wollte es der Brauch; und Sie wissen ja, wie laut es hergeht, wenn sich Frauen unterhalten.

»Es scheint, als schliefen sie.«

»Das glaube ich nicht. Und da ist auch ein Licht.«

Wir kamen näher, und tatsächlich, da brannte ein Licht.

Die Engracia stand in der Tür. Sie zischte das »s« wie die Eule in der Zypresse; womöglich hatte sie sogar das gleiche Gesicht.

»Sie hier?«

»Wie du siehst, mein Junge, ich hab' auf dich gewartet.«

»Auf mich gewartet?«

»Ja.«

Die Geheimnistuerei der Engracia mißfiel mir. »Lassen Sie mich vorbei.«

»Du kannst nicht hinein.«

»Warum nicht?«

»Weil es nicht geht.«

»Aber das ist mein Haus.«

»Das weiß ich, mein Junge. Das ist es seit vielen Jahren schon... aber du kannst trotzdem nicht hinein.«

»Aber warum denn nicht?«

»Es geht nicht mein Junge. Deiner Frau geht es schlecht.«

»Schlecht?«

»Ja.«

»Was ist los mit ihr?«

»Nichts weiter. Sie hat das Kind verloren.«

»Das Kind verloren?«

»Ja, die Stute hat sie abgeworfen...«

Die rasende Wut in meinem Inneren machte mich blind. Ich war so vor den Kopf gestoßen, daß ich überhaupt nicht hörte, was man zu mir sagte.

»Wo ist die Stute?«

»Im Stall.«

Die Stalltür, die auf den Hof führte, war sehr niedrig. Ich bückte mich, um einzutreten; ich sah nichts.

»Komm her, mein Tier.«

Die Stute drängte sich an die Krippe. Ich öffnete das Messer mit Bedacht. In solchen Augenblicken kann ein falscher Schritt tödliche Folgen haben.

»Komm her, mein Tier.«

Der Hahn krähte zum zweitenmal in den Morgen hinein.

»Komm her, mein Tier.«

Die Stute drängte sich in die Ecke. Ich näherte mich ihr so weit, daß ich ihr mit der flachen Hand auf die Kruppe schlagen konnte. Das Tier war wach, unruhig.

»Komm her, mein Tier.«

Das Ganze dauerte nur einen Augenblick. Ich warf mich über sie und stach auf sie ein. Mindestens zwanzigmal stach ich zu...

Sie hatte ein hartes Fell, viel härter, als die Haut von Zacharias... Als ich aus dem Stall kam, tat mir der Arm weh; bis zum Ellbogen war er voll Blut. Das Tier gab keinen Laut von sich, es atmete nur tiefer und schneller, als ob der Hengst sich näherte.

10

Sie können mir glauben, daß mir in jenem Augenblick – später allerdings, als ich ruhiger geworden war, dachte ich anders darüber – einzig der Gedanke durch den Kopf ging, daß Lola das Kind ruhig hätte verlieren können, als wir noch nicht verheiratet waren. Mir wäre dann viel Gift und Galle, viel Ärger erspart geblieben.

Als Folge dieses unseligen Unfalles war ich wie zerschlagen und versenkte mich in die schwärzesten Vorstellungen. Es dauerte nicht weniger als zwölf lange Monate, bis ich mich wieder in der Hand hatte, und während dieser Monate ging ich wie von allen guten Geistern verlassen durchs Dorf. Lola war nicht ganz ein Jahr, nachdem sie das Kind verloren hatte, wieder in anderen Umständen, und ich stellte mit Freuden fest, daß mich die gleiche Angst und Unruhe wie beim erstenmal ergriff. Die Zeit verging mir viel zu langsam, und wo auch immer ich war, begleitete mich wie ein Schatten eine verteufelte Stimmung.

Ich wurde menschenscheu und eigenbrötlerisch, war mürrisch und mißtrauisch, und da weder meine Frau noch meine Mutter viel von solchen Eigentümlichkeiten des Charakters verstanden, schwebten wir in ständiger Furcht vor Zänkereien. Diese Spannung ging uns auf die Nerven, aber es schien, als machte es uns Freude, sie zu kultivieren. Jede Kleinigkeit wurde als Anspielung ausgelegt, als stecke eine böse Absicht dahinter oder ein Hintergedanke. Sie können sich nicht vorstellen, unter welchem Druck wir in all diesen Monaten lebten.

Der Gedanke, daß meine Frau noch eine Fehlgeburt haben könnte, raubte mir fast den Verstand. Die Freunde fanden mich merkwürdig, und die Chispa – die damals noch lebte – schien mir nicht mehr mit der gleichen Zuneigung anzuhängen.

Ich redete mit ihr wie immer. »Was hast du denn?«

Sie wedelte hektisch mit dem Schwanz, sah wie flehend zu mir auf, als wollte sie aufstöhnen, und ihr Blick brach mir fast das Herz. Auch ihr waren die Jungen im Leib erstickt. Wer weiß, vielleicht wußte sie in ihrer Unschuld um den großen Schmerz, den ihr Unglück mir bereitet hatte. Drei Hündchen waren es, die nicht lebend zur Welt gekommen waren; alle drei gleich, alle klebrig wie Sirup, grau und halb räudig wie Ratten. Sie scharrte ein Loch zwischen den Lavendelbüschen und vergrub sie dort.

Und jedesmal, wenn wir auf Kaninchenjagd in den Wald gingen und einen Augenblick anhielten, um die würzige Luft einzuatmen, lief sie mit dem leidenden Ausdruck eines kinderlosen Weibchens zu der Stelle, um daran zu schnüffeln.

Der achte Monat brach an, und die Sache verlief völlig problemlos; dank Engracias guten Ratschlägen war die Schwangerschaft meiner Frau auf dem besten Wege, ein Musterbeispiel zu werden. Die längste Zeit war überstanden, es fehlten nur noch wenige Wochen, und man hätte mit gutem Recht vermuten können, daß ich mich nicht mehr zu sorgen brauchte. Statt dessen bekam ich solche Angstzustände, war so voller Ungeduld, daß ich seither sicher bin, niemals wahnsinnig werden zu können, weil ich es in jener vertrackten Zeit nicht wurde.

Mein zweites Kind, genauer gesagt, mein erster Sohn, kam zu der von Engracia angegebenen Zeit zur Welt, als wäre Lola eine Uhr. Alles verlief so einfach und glücklich, daß es mich wunderte. Wir ließen das Kind auf den Namen Pascual taufen, den Namen seines Vaters, Ihres ergebenen Dieners. Ich wollte ihn, weil es so Brauch war, nach dem Heiligen, an dessen Namenstag er geboren war, Eduard nennen; meine Frau aber, die damals so zärtlich wie nie zuvor war, bestand darauf, ihm denselben Namen zu geben, den ich trug. Es brauchte angesichts der großen Illusion, der ich mich hingab, nur geringe Mühe, mich zu überreden. Es kommt mir wie eine Lüge vor, aber ich kann Ihnen versichern, daß ich damals die gleiche Illusion hegte – wie ein Junge mit neuen Stiefeln– bei den zärtlichen Anwandlungen meiner Frau; ich habe ihr dafür von ganzem Herzen gedankt, das schwöre ich.

Sie, die von Natur stark und kräftig war, hatte sich

zwei Tage nach der Geburt wieder gänzlich erholt, als wäre gar nichts geschehen. Das Bild, das sie bot, wenn sie völlig zerzaust dem Kinde die Brust gab, war eines von den Dingen, die mich am meisten im Leben beeindruckten. Das allein entgalt mir im Übermaß die vielen hundert qualvollen Momente der Vergangenheit.

Viele Stunden saß ich zu Füßen des Bettes. Leise sagte Lola zu mir und wurde dabei rot: »Jetzt habe ich dir einen Sohn geschenkt...«

»Ja.«

»Und einen sehr hübschen...«

»Dafür sei Gott gedankt.«

»Jetzt müssen wir gut auf ihn aufpassen.«

»Ja, gerade jetzt müssen wir gut aufpassen.«

»Ihn vor den Schweinen schützen...«

Die Erinnerung an meinen armen Bruder überfiel mich plötzlich. Hätte ich ein so unglückliches Kind wie Mario, ich würde es umbringen, ehe ich es leiden ließe.

»Ja, vor den Schweinen.«

»Und auch vor dem Fieber.«

»Ja.«

»Und vor zuviel Sonne.«

»Ja, auch vor der Sonne.«

Der Gedanke, daß dieses zarte Wesen, das mein Sohn war, solchen Gefahren ausgesetzt sein sollte, verursachte mir eine Gänsehaut.

»Wir werden ihn impfen lassen.«

»Wenn er ein bißchen größer ist.«

»Und wir werden ihm immer Schuhe anziehen, damit er sich nicht die Füße zerschneidet.«

»Und wenn er sieben Jahre alt ist, wird er zur Schule gehen.«

»Und ich werde ihn auf die Jagd mitnehmen.«

Lola lachte, sie war glücklich. Ich auch, warum es verschweigen? Ich war glücklich, wenn ich sie so sah, schön wie nur wenige, mit einem Kind auf dem Arm wie eine heilige Maria.

»Wir werden einen brauchbaren Menschen aus ihm machen.«

Was wußten wir beide davon, daß Gott, der das Universum nach Seinem Willen lenkt, ihn uns nehmen würde. Unsere Träume, unser Bestes, unser ganzes Glück war unser Kind, das wir verlieren sollten, ehe wir nur den Versuch unternehmen konnten, es auf einen rechten Weg zu führen. Geheimnis der Liebe, die uns gerade dann verläßt, wenn wir sie am meisten brauchen.

Diese Freude an der Betrachtung des Kindes ließ einen Argwohn in mir aufsteigen, ohne daß es einen Anlaß gab, der ihn rechtfertigte. Immer habe ich einen Blick für das Unheil gehabt, ich weiß nicht, ob zu meinem Wohl oder Wehe. So sollte auch diese Vorahnung, wie alle anderen, im Lauf der Monate sich bestätigen, als gälte es, mein Unglück abzurunden, dieses Unglück, daß nie voll zu werden schien.

Meine Frau sprach weiter über unseren Sohn. »Er gedeiht gut... sieht wie ein Fettmöpschen aus.«

Dieses ewige Gespräch über das Kind führte schließlich dazu, daß ich es zu hassen begann. Es würde uns verlassen, uns in tiefste Verzweiflung stürzen, uns einsam zurücklassen, so einsam wie jene verfallenen Bauernhöfe, deren sich die Brombeergestrüppe und die Brennesseln, Frösche und Eidechsen bemächtigen. Ich wußte, was geschehen würde, war meiner Sache sicher, überzeugt von ihrer Unvermeidlichkeit, gewiß, daß früher oder später das Unheil hereinbrechen mußte. Und diese Gewißheit, daß ich dem, was der Instinkt mir sagte, nichts entgegenzusetzen hatte, machte mich so reizbar, daß ich mich ständig zusammennehmen mußte.

Ich blieb manchmal stehen wie einer, der nicht alle Sinne beisammen hat, und sah unverwandt auf Pascualillo. Die Augen füllten sich mir nach wenigen Minuten mit Tränen, und ich sagte ihm: »Pascual, mein Junge...«

Und er blickte mich aus seinen runden Augen an und lachte.

Meine Frau trat zu uns. »Pascual, das Kind gedeiht gut.«

»Gut, Lola... hoffentlich bleibt es so.«

»Warum sagst du das?«

»Du weißt doch, Kinder sind so empfindlich.«

»Denk doch nicht immer gleich das Schlimmste.«

»Nein, das Schlimmste nicht, nein... Wir müssen auf ihn aufpassen.«

»Ja.«

»Und darauf achten, daß er sich nicht erkältet.«

»Ja... das könnte sein Tod sein.«

»Kinder sterben an Erkältungen...«

»Durch irgendeinen tückischen Luftzug.«

Nach und nach erstarb unsere Unterhaltung wie die Vögel oder die Blumen, mit derselben Zartheit und quälenden Langsamkeit, mit der auch die Kinder nach und nach dahinsiechen, Kinder, die von irgendeinem tückischen Lufthauch hinweggerafft werden...

»Pascual, ich habe Angst.«

»Wovor?«

»Denk doch, wenn er sterben sollte.«

»Aber Frau!«

»Kinder sind so zart in diesem Alter!«

»Unser Junge sieht doch prächtig aus, mit seiner rosigen Haut und immer lächelt er.«

»Das ist wahr Pascual. Es war dumm von mir.« Und sie lachte nervös auf, drückte das Kind an ihre Brust.

»Hör mal.«

»Was?«

»Woran ist eigentlich das Kind der Carmen gestorben?«

»Was kümmert dich das?«

»Ach, ich wollte es nur wissen...«

»An einem Schnupfen, sagt man.«

»Durch einen Luftzug?«

»Anscheinend.«

»Arme Carmen. Sie war so glücklich über das Kind. Dasselbe himmlische Gesichtchen wie der Vater, sagte sie – erinnerst du dich?«

»Ja, ich erinnere mich.«

»Je mehr Hoffnungen man sich macht, desto schneller werden sie zerschlagen...«

»Ja.«

»Eigentlich sollte man wissen, wie lange man jedes Kind behalten darf. Es sollte ihm auf der Stirn geschrieben stehen...«

»Sei still!«

»Warum?«

»Weil ich dich nicht mehr anhören kann.«

Ein Schlag mit einer Hacke auf den Kopf hätte mich in diesem Augenblick nicht mehr erschrecken können als Lolas Worte.

»Hast du's gehört?«

»Was?«

»Das Fenster.«

»Das Fenster?«

»Ja, es knarrte, als bewege es ein Luftzug...«

Das Knarren des Fensters, an dem der Wind rüttelte, klang wie ein Seufzer.

»Schläft der Junge?«

»Natürlich.«

»Mir kommt's vor, als träume er.«

»Ich höre nichts.«

»Als ob er jammere, ihm irgend etwas weh täte...«

»Das bildest du dir ein.«

»Hoffentlich. Ich ließe mir lieber die Augen auskratzen...«

Das Jammern des Kindes im Schlafzimmer erinnerte an die Klage der Steineichen, durch die der Wind weht.

»Er jammert.«

Lola ging nachsehen. Ich blieb in der Küche und rauchte eine Zigarette. Immer erwischen mich die kummervollen Augenblicke mit einer Zigarette im Mund.

Es dauerte nur wenige Tage. Als wir das Kind der Erde zurückgaben, zählte es elf Monate. Elf Monate Leben und Pflege, die irgendein tückischer Luftzug zunichte machte...

11

Wer weiß, ob dies nicht Gottes Strafe für meine vielen Sünden, vergangene wie zukünftige, war! Wer weiß, ob es nicht die göttliche Vorsehung so wollte, daß Unglück mein einziger Weg war, der einzige Weg, den meine traurigen Tage einschlagen konnten.

Glauben Sie mir, man gewöhnt sich nicht an das Unglück. Immer bilden wir uns ein, daß das, was wir gerade durchmachen, das größte Unglück ist. Im Lauf der Zeit und mit viel Betrübnis überzeugen wir uns langsam davon, daß uns das Schlimmste noch bevorsteht...

Diese Gedanken kommen mir, weil ich zu Zeiten von Lolas Fehlgeburt und der Messerstecherei mit Zacharias meinte, vor Kummer sterben zu müssen. Aber nur deshalb, weil ich damals noch nicht ahnte, was kommen würde.

Als Pascualillo starb, waren drei Frauen um mich. Drei Frauen, an die ich durch ein unsichtbares Band gefesselt war, obgleich sie mir manchmal so fremd vorkamen wie irgendein Unbekannter, der vorüberging. Ich fühlte mich ihnen gegenüber so ohne jede Bindung wie gegenüber aller Welt. Glauben Sie mir, keine von diesen drei Frauen verstand es, meinen Schmerz um das Kind durch ihre Zuneigung oder durch ihr Verhalten erträglicher zu machen. Im Gegenteil, es schien, als hätten sie sich verabredet, mir das Leben zu verbittern. Die drei waren meine Frau, meine Mutter und meine Schwester.

Wer hätte das gedacht bei all der Hoffnung, die ich in ihre Gesellschaft setzte.

Frauen sind wie Dohlen, undankbar und bösartig.

Fortwährend sagten sie: »Das Engelchen, das ein tückischer Lufthauch mit sich nahm.«

»In den Himmel, um ihn von uns zu befreien.«

»Das kleine Wesen, das der Sonnenschein selbst war.«

»Und was für ein Todeskampf!«

»Und ich hielt es in meinen Armen halb erstickt.«

Es war eine nicht enden wollende Litanei, erdrückend und schleppend wie Nächte beim Wein, langsam und ermüdend wie die Gangart des Esels.

So verging ein Tag und noch einer, eine Woche und noch eine... es war fürchterlich, eine Strafe des Himmels, ein Fluch Gottes.

Ich hielt mich zurück. Es ist die Liebe – dachte ich – die sie wider ihren Willen grausam sein läßt. Und ich versuchte, nicht hinzuhören, nicht auf sie zu achten, ihrem Benehmen nicht mehr Aufmerksamkeit beizumessen als wären sie Marionetten, mich nicht um ihre Worte zu kümmern... Mein Schmerz würde mit der Zeit verwelken wie geschnittene Rosen. Und in der Zwischenzeit bewahrte ich mein Schweigen wie einen Schatz, um so wenig wie möglich leiden zu müssen. Vergebliche Hoffnung, die zu nichts anderem führte, als daß ich mich täglich mehr über das Glück jener wunderte, denen leichtere Pfade beschieden waren. Wie konnte Gott nur zulassen, daß solche Gedanken in mir groß wurden?

Ich fürchtete den Abend wie das Feuer oder die Tollwut. Von allem, was ich während des Tages zu tun hatte, war das Anzünden der Lampe in der Küche so gegen sieben Uhr abends das Schmerzlichste. Jeder Schatten erinnerte mich an den toten Jungen, jedes Aufflackern und Verglimmen der Flamme, all die Geräusche der Nacht, die Laute, die kaum zu hören sind, die aber in unseren Ohren klingen wie die Schläge des Hammers auf dem Amboß.

Dort saßen sie, die drei, in schwarzen Trauergewändern wie Raben, schweigend wie Tote, ungesellig und mürrisch wie Gendarmen. Zuweilen sprach ich sie an und versuchte, das Eis zu brechen.

»Die Zeiten sind hart.«

»Ja...«

Und wieder herrschte Schweigen zwischen uns.

Ich ließ nicht locker. »Don Gregorio scheint seinen Maulesel nicht mehr verkaufen zu wollen. Wird ihn wohl selbst noch brauchen.«

»Ja...«

»Wart ihr am Fluß?«

»Nein...«

»Auf dem Friedhof?«

»Auch nicht...«

Es war einfach nicht möglich, sie zum Sprechen zu bringen. Nie zuvor habe ich so viel Geduld gezeigt, wie ich ihnen gegenüber an den Tag legte, noch sollte ich jemals wieder soviel Geduld haben. Ich gab vor, als merkte ich nicht, wie seltsam sie sich verhielten. Denn ich wollte nicht den Anlaß geben für die unvermeidliche Auseinandersetzung, die niemand in der Lage war zu verhindern, die kommen mußte wie Krankheit und Feuersbrunst, wie Morgenrot und Tod.

Die größten Tragödien brechen über uns herein, ohne daß wir auf sie vorbereitet sind, mit dem leisen, vorsichtigen Schritt des Wolfes, und richten plötzlich und unvermittelt den Stachel auf uns wie die Skorpione.

Ich könnte sie malen, als hätte ich sie noch heute vor Augen, mit dem bitteren und verkniffenen Lächeln erkalteter Frauen, mit ihrem Blick, der sich viele Meilen jenseits der Mauer verlor. Sekunden wurden zu Ewigkeiten, und die Worte klangen wie von Gespenstern gesprochen...

»Es ist schon stockfinstere Nacht.«

»Das sehen wir.«

Gewiß saß die Eule jetzt in der Zypresse.

»Genauso war es damals nachts...«

»Ja.«

»Es war allerdings schon etwas später...«

»Ja.«

»Jener tückische Luftzug strich noch über die Felder.«

»Verlor sich zwischen den Olivenbäumen...«

»Ja.«

Die große Glocke des Schweigens hing wieder über dem Raum.

»Wo er jetzt wohl herumstreicht, jener Lufthauch?«

»Jener tückische Lufthauch.«

Lola antwortete nicht gleich. »Ich weiß nicht.«

»Er wird mittlerweile wohl das Meer erreicht haben.«

»Und Kinder mit sich nehmen.«

Eine angegriffene Löwin konnte sich nicht wilder gebärden als meine Frau in diesem Augenblick. »Warum zerplatzt eine Frau wie ein Granatapfel? Gebären, damit ein Windhauch das Geborene mit sich fortnimmt. Was für eine grausame Strafe!«

»Wenn doch die Wasserader, aus der Tropfen um Tropfen in die Pfütze fällt, jenen tückischen Luftzug ertränkt hätte!«

12

»Du ekelst mich an.«

»Dein Fleisch, das die Zeiten nicht erträgt.«

»Das die Sonne des Sommers nicht erträgt.«

»Noch die Kälte des Dezembers.«

»Dafür sind mir Brüste gewachsen, hart wie Stein.«

»Dafür habe ich einen Mund, frisch wie ein Pfirsich.«

»Dafür habe ich zwei Kinder geboren, die weder einen Ritt auf dem Pferd, noch einen Luftzug in der Nacht aushalten konnten!«

Sie war wie wahnsinnig, wie von allen bösen Geistern besessen, wild und grausam wie eine Wildkatze... Schweigend ertrug ich die große Wahrheit.

»Du bist wie dein Bruder!«

...der Dolchstoß des Verrates, den meine Frau mir mit Wonne versetzte...

Nichts nützt es uns, schneller auszuschreiten, wenn uns ein Unwetter überrascht. Wir werden genauso naß und ermüden schneller. Blitze zucken auf uns herab, das Grollen des Donners läßt uns den Gleichmut verlieren, und wild klopft uns das Blut in den Schläfen und in der Kehle.

»Ach, wenn dein Vater Esteban deine Kraftlosigkeit sähe!«

»Dein Blut, das sich über die Erde ergießt, wenn du sie berührst!«

»Und deine Frau!«

Sollte ich sie weiterreden lassen? Über allen Menschen scheint die Sonne; aber ihr Licht, das die Weißen blendet, läßt die Schwarzen nicht einmal blinzeln.

»Genug, hör auf!«

Meine Mutter konnte mir den Schmerz nicht zum Vorwurf machen, den der Tod des Kindes in meiner Brust hinterlassen hatte, dieses kleinen Wesens, das während seiner elf Monate solch ein Sonnenschein gewesen war.

Ich sagte es ihr in aller Deutlichkeit; so deutlich, wie man sich nur ausdrücken kann.

»Das Feuer wird uns beide verbrennen, Mutter.«

»Was für ein Feuer?«

»Das Feuer, mit dem du spielst.«

Meine Mutter setzte ein befremdliches Gesicht auf. »Was willst du damit sagen?«

»Daß wir Männer ein sehr hartes Herz haben.«

»Das euch nichts nützt...«

»Das nützt uns zu allem.«

Sie verstand nicht; meine Mutter verstand nicht. Sie sah mich an, sprach mit mir... Ach, hätte sie mich nur nicht angesehen!

»Siehst du die Wölfe, die durch die Wälder streifen, den Sperber, der sich bis zu den Wolken emporschwingt, die Schlange, die zwischen den Steinen lauert?«

»Schlimmer als sie alle zusammen ist der Mensch.«

»Warum sagst du mir das?«

»Nur so.«

Ich hatte ihr antworten wollen: »Weil mir nichts anderes übrigbleibt, als dich umzubringen.«

Aber das Wort blieb mir im Hals stecken.

Ich blieb mit meiner Schwester allein, der Unglücklichen, der Entehrten, mit ihr, die den Blick anständiger Frauen beleidigte.

»Hast du gehört?«

»Ja.«

»Ich hätte es nicht für möglich gehalten.«

»Ich auch nicht...«

»Nie hätte ich geglaubt, daß ich ein Verfluchter bin.«

»Du bist auch keiner...«

Der Wind erhob sich über dem Wald, jener tückische Luftzug, der durch die Oliven strich und auf seinem Weg zum Meer kleine Kinder mit sich nahm. Er rüttelte stöhnend am Fenster.

Rosario war dem Weinen nahe.

»Warum sagst du, du seist ein Verfluchter?«

»Nicht ich bin es, der das sagt.«

»Jene beiden Frauen sind es...«

Die Flamme der Lampe hob und senkte sich, als ob sie atmete; in der Küche roch es nach Acetylen, das einen beißenden und doch angenehmen Geruch hat, der bis zu den Nerven dringt, die Sinne erregt, meine armen und verdammten Sinne, denen damals jedwede Erregung mangelte.

Meine Schwester war blaß. Das Leben, das sie führte, ließ sein grausames Mal als dunkle Ringe unter ihren Augen zurück. Ich liebte sie mit der gleichen Zärtlichkeit, mit der sie mir zugetan war.

»Rosario, Schwester...«

»Pascual...«

»Traurige Zeiten stehen uns beiden bevor.«

»Alles wird gut werden...«

»Gott gebe es.«

Meine Mutter unterbrach uns: »Ich sehe nicht, wie es wieder gut werden könnte.«

Und meine Frau, die falsche Schlange, zeigte lächelnd ihre Schlechtigkeit. »Traurig ist es, darauf zu warten, daß ausgerechnet Gott alles wiedergutmachen soll.«

Gott ist im Himmel, sein Blick ist wie der des Adlers, nichts entgeht ihm.

»Und wenn Gott wieder alles gutmachte?«

»Dafür liebt er uns nicht genug...«

Man tötet, ohne nachzudenken, ich habe es selbst bewiesen; manchmal tötet man sogar, ohne es zu wollen. Man haßt, haßt mit aller Kraft, aller Wildheit, und man öffnet das Messer, und es offen in der Hand haltend schleicht man barfuß an das Bett, in dem der Feind schläft. Es ist Nacht, doch durch das Fenster scheint das Licht des Mondes; man sieht gut. Ausgestreckt auf dem Bett liegt der Tote, derjenige, der gleich tot sein wird. Man sieht ihn, hört ihn atmen; er rührt sich nicht, ist ruhig, als ob nichts geschehen würde. Das Schlafzimmer ist alt, die Möbel erschrecken mich mit ihrem Knarren, das ihn aufwecken könnte, vielleicht sollte man sich beeilen und zustechen. Der Feind lüftet ein wenig die Decke, dreht sich um: er schläft weiter. Sein Körper sieht unförmig groß aus; die Decke täuscht. Behutsam nähert man sich, berührt ihn behutsam mit der Hand. Er schläft, schläft fest; wird überhaupt nichts merken...

Aber so kann man nicht töten; so machen es die Meuchelmörder. Man möchte umkehren, alles ungeschehen machen... Nein, das ist nicht möglich. Alles ist gut überlegt; es ist nur ein Augenblick, ein kurzer Augenblick, und dann...

Doch auch Umkehren ist nicht möglich. Es wird wieder Tag werden, und bei Tag können wir seinen Blick nicht ertragen, diesen Blick, der uns durchbohren wird, ohne das Entsetzliche zu glauben.

Ich werde fliehen müssen; weit weg vom Dorf werde ich fliehen müssen, dorthin, wo mich niemand kennt, wo ich mit neuem Haß neu zu hassen beginnen kann. Der Haß braucht Jahre, um sich zu entfalten; man ist kein Kind mehr, und wenn der Haß wächst und uns erstickt, wird das Leben zu Ende gehen. Das Herz ist ohne Bitterkeit, und kraftlos werden diese Arme sinken...

13

Etwa einen Monat lang habe ich nichts mehr geschrieben, habe rücklings auf dem Strohsack gelegen und die Stunden vorüberziehen sehen, die Stunden, die manchmal Flügel zu haben schienen und dann wieder wie gelähmt dahinschlichen, habe meiner Phantasie freien Lauf gelassen, das einzige, was sich in mir noch frei bewegen kann. Ich habe die schadhaften Stellen der Zellendecke betrachtet, versucht Gestalten in ihnen zu entdecken und habe –

auf meine Art – in diesem langen Monat das Leben genossen wie nie in all den Jahren zuvor: trotz allem Gram und aller Sorgen.

Wenn Friede in den sündigen Seelen Einzug hält, so ist das, wie wenn Wasser auf Brachland fällt, das Vertrocknetes fruchtbar macht und das Ödland Früchte tragen läßt. Ich sage das, obgleich ich viel mehr Zeit, sehr viel mehr Zeit als angemessen brauchte, um herauszufinden, daß die Ruhe ein Segen des Himmels ist, vielleicht der größte Segen, den wir Armen und Verängstigten erwarten dürfen, denn jetzt, da ich weiß, jetzt, da die Ruhe mir mit ihrer Liebe Gesellschaft leistet, genieße ich sie mit einem Ungestüm und einer inneren Freude, daß ich sehr befürchte, sie vor der Zeit zu erschöpfen, obwohl mir nur noch wenig, sehr wenig vom Leben bleibt. Wahrscheinlich wäre ich heute zumindest ein Einsiedler, wäre nur der Friede ein paar Jahre eher zu mir gekommen, denn ich verdanke ihm soviel Erkenntnis und soviel Seelenruhe, daß ich nicht im geringsten daran zweifle, daß ich damals nicht genauso von ihm angetan gewesen wäre, wie ich es heute bin. Doch Gott wollte nicht, daß es so kam, und so befinde ich mich heute hinter Gittern, und über meinem Kopf schwebt ein Urteil, von dem ich nicht weiß, ob es besser wäre, daß es endlich gefällt würde oder daß es diese Pein noch verlängert. Trotzdem klammere ich mich an diese Agonie mit womöglich noch größerer Liebe, als ich dafür aufwenden würde, wäre mein Leben in ruhigeren Bahnen verlaufen. Sie werden verstehen, was ich sagen will.

In diesem langen Monat, den ich dem Nachdenken widmete, zog alles noch einmal an mir vorbei: der Schmerz und die Freude, die Lust und die Trauer, der Glaube, der Groll und die Verzweiflung... O Gott, an welch schwachem Fleisch hast Du Deinen Versuch angestellt! Ich zitterte wie im Fieber, wenn ein Seelenzustand einem anderen Platz machte, und meine Augen füllten sich mit Tränen der Furcht. Dreißig aufeinanderfolgende Tage nur an eine einzige Sache zu denken, ist eine lange Zeit, gewidmet den tiefsten Gewissensbissen und nur mit dem Gedanken beschäftigt, daß mich die böse Vergangenheit in die Hölle verdammen wird... Ich beneide den Einsiedler mit dem gütigen Gesicht, den Vogel am Himmel, den Fisch im Wasser, ja selbst das Raubtier im Gestrüpp, weil ihr Gewissen ruhig ist. Es ist schlimm, ein Leben in Sünde verbracht zu haben!

Gestern habe ich gebeichtet; ich selbst ließ den Priester zu mir bitten. Es kam ein alter Pfarrer mit spärlichem Bart, der Pater Santiago Lurueña, gütig und bekümmert, barmherzig und abgearbeitet wie eine Ameise.

Er ist der Kaplan, der sonntags die Messe liest, die Messe, die ungefähr hundert Mörder zusammen mit einem Dutzend Wärter und vier Nonnen hören.

Ich erwartete ihn stehend, als er eintrat.

»Guten Tag, Pater.«

»Hallo, mein Sohn, man hat mir gesagt, du hättest nach mir verlangt.«

»Ja, Hochwürden, ich habe um Ihren Besuch gebeten.«

Er trat auf mich zu, küßte mich auf die Stirn. Es ist viele Jahre her, daß mich jemand geküßt hat. »Wolltest du beichten?«

»Ja, Hochwürden.«

»Mein Sohn, das freut mich.«

»Auch ich bin froh darüber, Pater.«

»Gott verzeiht alles. Gott ist sehr gütig...«

»Ja, Pater.«

»Und ist glücklich über jedes verirrte Schaf, das auf den rechten Weg zurückfindet.«

»Ja, Pater.«

»Der verlorene Sohn, der in das Haus des Vaters zurückkehrt.«

Er hielt meine Hand, die auf seiner Soutane lag, voller Liebe in der seinen und blickte mir in die Augen, als wollte er, daß ich ihn besser verstünde.

»Der Glaube ist wie ein Licht, das unsere Seelen durch die Finsternis des Lebens leitet.«

»Ja.«

»Wie ein Wunderbalsam für gequälte Seelen ...«

Pater Santiago war tief bewegt; seine Stimme zitterte wie die eines erschrockenen Kindes. Er sah mich lächelnd an, mit einem sanften Lächeln, das dem eines Heiligen glich.

»Du weißt, was die Beichte bedeutet?«

Ich schämte mich zu antworten. Flüsternd mußte ich bekennen: »Nicht sehr genau.«

»Mach dir deswegen keine Sorgen, mein Sohn! Niemand kann alles wissen.«

Pater Santiago erklärte mir einiges, was ich überhaupt nicht verstand; es muß dennoch die Wahrheit gewesen sein, denn es klang wahr. Wir sprachen lange, fast den ganzen Nachmittag; als wir das Gespräch beendeten, war die Sonne schon hinter dem Horizont versunken.

»Bereite dich darauf vor, die Vergebung zu empfangen, mein Sohn, die Vergebung, die ich dir im Namen Gottes, unseres Herrn, erteile... Bete mit mir das Vaterunser ...«

Als mich Don Santiago segnete, mußte ich mich gewaltig anstrengen, um den Segen zu empfangen, ohne daß mir dabei düstere Gedanken durch den Kopf gingen; ich empfing ihn, so gut ich konnte, das versichere ich Ihnen. Oft, sehr oft habe ich mich geschämt; aber nie so sehr wie zu dieser Gelegenheit.

Ich konnte die ganze Nacht kein Auge zutun, und heute

bin ich müde und zerschlagen, als hätte ich eine Tracht Prügel bekommen; aber da ich nun einmal den Stapel Papier schon hier habe, um den ich den Direktor bat, und da es mir nicht möglich ist, auf andere Art und Weise der Niedergeschlagenheit zu entrinnen, in der ich langsam versinke, als daß ich mehr und mehr Papier vollkritzele, so will ich von neuem beginnen, einen weiteren Faden der Erzählung aufzunehmen und diesen Erinnerungen einen Stoß zu geben, um sie zu Ende zu bringen. Wir werden sehen, ob ich die Kraft dazu aufbringe, die dazu nötig sein wird. Wenn ich daran denke, daß sich die Ereignisse überstürzen könnten und dann meine Erzählung vielleicht nur zur Hälfte fertig wäre und Stückwerk bliebe, so befällt mich ein Gefühl äußerster Eile und Not, das ich bezwingen möchte, weil ich glaube, daß meine Geschichte nicht klar und deutlich herauskommen wird, wenn ich nicht mit allen Sinnen bei der Sache bin und Stück für Stück geduldig zusammentrage, und das Ergebnis ein so unbeholfenes und unzusammenhängendes sein wird, wollte ich alles in einem Schwall von Worten hervorsprudeln, daß nicht einmal der eigene Vater – und das bin in diesem Falle ich – dieses Produkt als das seine anerkennen würde. Dinge wie diese, in denen die Erinnerung eine so große Rolle spielt, müssen höchst liebevoll behandelt werden, denn würde ich die Ereignisse durcheinanderbringen, so bliebe mir nichts anderes übrig, als das Geschriebene zu zerreißen und von vorne anzufangen, und vor dieser Lösung schrecke ich wie vor einer Gefahr zurück, weil eine zweite Fassung nie gut wird. Vielleicht finden Sie mein Bemühen, nebensächliche Dinge nicht zu vernachlässigen, während die Hauptsache so schlecht dargestellt ist, anmaßend, und vielleicht meinen Sie mit einem Lächeln auf den Lippen, daß es von großer Anmaßung meinerseits zeugt, wenn ich des besseren Ergebnisses wegen nichts überstürzen will. So würde natürlich jeder einiger maßen gebildete Mensch vorgehen, einfach und ohne Umstände, aber wenn sie berücksichtigen, daß die Anstrengung, die es für mich bedeutet, seit nahezu vier Monaten ununterbrochen zu schreiben, nichts anderem in meinem Leben vergleichbar ist, so finden Sie vielleicht darin eine Entschuldigung für meine Überlegungen.

Nie sind die Dinge so, wie wir auf den ersten Blick glauben, und so geschieht es, daß sie uns einen ganz eigenartigen und sogar unbekannten Anblick bieten, wenn wir sie aus der Nähe betrachten und an ihnen zu arbeiten beginnen, so daß von dem ersten Eindruck bisweilen nicht einmal eine Erinnerung übrig bleibt; so geht es mit Gesichtern, die wir uns vorstellen, und mit den Dörfern, die wir kennenlernen, von denen wir uns ein Bild gemacht haben, um es dann angesichts der Wirklichkeit im Handumdrehen zu vergessen. So ist es mir mit diesen Blättern ergangen, von denen ich anfänglich meinte, in acht Tagen damit fertig zu werden, und heute, nach einhundertzwanzig Tagen, kann ich über meine Einfalt nur lächeln.

Es kann keine Sünde sein, Ungeheuerlichkeiten, die man bereut, zu schildern. Don Santiago redete mir zu, es zu tun, wenn es mich tröstete, und da das der Fall ist und da man von Don Santiago wohl annehmen kann, daß er sich in den Zehn Geboten auskennt, so sehe ich nicht ein, warum es Gott beleidigen sollte, wenn ich damit fortfahre. Gelegentlich schmerzt es mich, die großen wie die kleinen Dinge aus meinem traurigen Leben Punkt für Punkt zusammenzutragen, aber zum Ausgleich dafür bereitet es mir andererseits bisweilen die reinste Freude, vielleicht, weil ich beim Erzählen so viel Abstand von all den Geschehnissen gewonnen habe, so, als erzählte ich etwas vom Hörensagen oder von einem Unbekannten. Könnte ich noch einmal von vorne beginnen, so gäbe es gewiß einen großen Unterschied zwischen meiner Vergangenheit und dem, was ich wünschte, daß es geschehen wäre. Aber ich muß mich mit dem Unvermeidlichen abfinden, damit, daß diese Geschichte nicht mehr geändert werden kann. Was geschehen ist, ist geschehen, und ich muß zu vermeiden trachten, daß es so weitergeht, wobei mir natürlich hilft, daß man mich hinter Schloß und Riegel hält. Ich will in dieser letzten Stunde meines Lebens meine Sanftmut nicht zu stark herausstreichen, weil ich aus Ihrem Mund den Spruch: »Alter schützt vor Torheit nicht«, zu hören meine, der besser unausgesprochen bleibt, dennoch möchte ich die Dinge bis ins letzte durchdenken und Ihnen versichern, daß mein Leben ein Musterbeispiel geworden wäre, wäre es in den heiteren Bahnen von heute verlaufen.

Ich will fortfahren. Ein Monat, ohne ein Wort zu schreiben, ist genügend Ruhe für einen, dessen Tage gezählt sind, und zuviel Muße für jemanden, den die Gewohnheit dazu zwang, stets unruhig zu sein.

14

Ich verlor keine Zeit, meine Flucht vorzubereiten; es gibt Dinge, die keinen Aufschub dulden, und dies war eines davon. Ich leerte die Sparbüchse in meine Tasche, den Inhalt der Vorratskammer in den Reisesack, begrub den Ballast der bösen Gedanken auf dem Grund des Brunnens und machte mich wie ein Dieb im Schutz der Nacht davon, ich folgte der Landstraße und begann schnell auszuschreiten – ohne allzu genau zu wissen, wohin ich mich wenden sollte –, und ohne einmal anzuhalten hatte ich, als der Morgen graute und ich die Müdigkeit in meinen Gliedern immer stärker spürte, das Dorf schon mehr als drei Meilen hinter mir. Ich wollte mich aber nicht unnötig aufhalten – immer noch hätte mich in jener Gegend jemand erkennen können – und hielt deshalb ein Schläfchen in einem Olivenhain, der am Rand des Weges lag, aß ein paar Bissen von meinem Reiseproviant und marschierte weiter, in der Absicht, die Bahn zu nehmen, sobald ich auf sie stieß. Die Leute blickten mir verwundert nach, vielleicht, weil ich wie ein Weltenbummler aussah, und sooft ich durch ein Dorf kam, folgten mir die Kinder neugierig, so wie sie den Zigeunern oder den Verprügelten nachlaufen; ihre unruhigen Blicke und ihr kindliches Gehabe störten mich nicht, im Gegenteil, sie waren mir angenehme Begleiter, und ich hätte es sogar gewagt, ihnen das eine oder andere von dem zu schenken, was ich mitgenommen hatte, wenn ich die Frauen damals nicht ebenso gefürchtet hätte wie die Cholera.

Ich erreichte den Zug in Don Benito und löste eine Fahrkarte nach Madrid, nicht in der Absicht, mich in der Hauptstadt aufzuhalten, sondern von dort aus irgendwohin weiterzureisen, von wo ich nach Amerika gelangen konnte; die Reise war sehr angenehm, weil der Waggon, in dem ich fuhr, in gutem Zustand war, und es außerdem für mich ein großes Ereignis war, das Land an mir vorbeiziehen zu sehen wie auf einem Bettuch, an dem eine unsichtbare Hand zog, und als alle ausstiegen, merkte ich, daß wir in Madrid angekommen waren. Ich war in Gedanken noch so weit von der Hauptstadt weg, daß sich mir das Herz in der Brust überschlug; das Herz überschlägt sich immer, wenn wir Tatsachen gegenüberstehen, die nicht mehr zu ändern sind; Tatsachen, die wir noch weit weg wähnten und die uns nun plötzlich zu nahe rücken.

Da ich nur zu gut wußte, daß es in Madrid viel Gesindel gibt, und wir zu nächtlicher Stunde ankamen, zu einer Zeit also, die überaus geeignet war, um mich ein Opfer der Gauner und Diebe werden zu lassen, hielt ich es für das klügste, bis zum Morgen zu warten, um mir dann eine Bleibe zu suchen, und bis dahin auf einer der vielen Bänke, die es auf dem Bahnhof gab, zu schlafen. So machte ich es; ich suchte mir eine etwas entfernte Bank, eine abseits des größten Lärms, richtete es mir so bequem wie möglich und schlief wie ein Stein, ohne anderen Schutz, als den meines Schutzengels, obwohl ich mir, als ich mich hinlegte, vorgenommen hatte, es wie die Rebhühner zu machen, mit einem Auge zu wachen, während das andere schläft. Ich schlief fest, fast bis zum Tagesanbruch, und als ich aufwachte, war ich bis auf die Knochen durchgefroren, und es war derartig feucht, daß ich es für das beste hielt, keinen Augenblick länger zu bleiben; ich verließ den Bahnhof und näherte mich einer Gruppe von Arbeitern, die um ein Feuer herum standen. Sie nahmen mich bereitwillig in ihre Runde auf, und ich wärmte mich an der Glut der Flammen gründlich durch. Anfangs war die Unterhaltung schleppend, doch sie belebte sich bald, und da die Leute ordentliche Menschen zu sein schienen und ich in Madrid Freunde brauchte, schickte ich einen Bengel, der herumlungerte, nach einem Liter Wein. Aber weder ich noch die, die mit mir waren, sahen davon je einen Tropfen, denn der Lümmel, der kein Dummkopf war, nahm das Geld und verschwand spurlos. Die Männer lachten sich schief über den Streich des Burschen; da ich mich ihnen aber gefällig zeigen und mit ihnen Freundschaft schließen wollte, wartete ich, bis es hell wurde und lud sie dann alle in einem nahen Café zu einem Milchkaffee ein, womit ich sie ganz für mich gewann, so dankbar waren sie. Ich fragte sie nach einer Unterkunft, und einer von ihnen namens Angel Estévez erbot sich, mich in seinem Haus aufzunehmen und mir für ganze zehn Reale auch Mittag- und Abendessen zu geben. Der Preis erschien mir im ersten Augenblick nicht hoch, nur mußte ich jeden Tag, den ich in Madrid und in seinem Hause zubrachte, wenigstens weitere zehn drauflegen, die Estévez mir nachts beim Kartenspiel abnahm, dem er und seine Frau sehr zugetan waren.

Ich blieb aber nur wenige Tage in Madrid, nicht einmal zwei Wochen, und versuchte, mich während dieser Zeit so billig wie möglich zu unterhalten; ich kaufte einige Sachen, die ich nötig hatte, zu vernünftigen Preisen in der Calle de Postas und auf der Plaza Mayor. Nachmittags, so gegen Sonnenuntergang, gab ich einige Peseten in einem Café aus, das Eden-Konzert hieß, in der Calle de la Aduana lag und in dem Sänger auftraten; dort blieb ich, hörte den Künstlern zu, bis es Zeit zum Abendessen war, dann schlenderte ich zu Estévez' Dachwohnung in der Calle de la Ternera. Meist war er schon da, wenn ich kam; dann holte seine Frau den Eintopf, wir aßen und saßen später in Gesellschaft von zwei Nachbarn, die jeden Abend heraufkamen, um die Camilla* herum, die Füße dicht am Kohlenbecken, bis in die Morgenstunden beim Kartenspiel. Ich fand dieses Leben ganz vergnüglich, und hätte ich nicht den festen Vorsatz gehabt, nie wieder in mein Dorf zurückzukehren, so wäre ich wohl in Madrid geblieben, bis ich den letzten Heller ausgegeben hätte.

Die Wohnung meines Gastgebers glich einem Taubenschlag, so hoch unterm Dach war sie gelegen; da sie aber,

* Camilla: runder Tisch, der mit einer schweren langen Decke bedeckt ist, unter der das Kohlenbecken steht.

nicht einmal, um jemandem einen Gefallen zu tun, jemals gelüftet wurde und das Kohlenbecken Tag und Nacht glühte, war es dort sehr gemütlich, wenn man um den Tisch herum saß, die Füße unter die lange Tischdecke gesteckt. Im Zimmer, das man mir zugewiesen hatte, stand das Bett unter der Dachschräge, und bis ich mich daran gewöhnt hatte, schlug ich mir mehr als einmal den Schädel an einem vorstehenden Dachsparren an, weil ich nicht an ihn dachte. Bald aber kannte ich mich aus und wußte genau, wie ich mein Zimmer betreten oder verlassen konnte und hätte wohl auch mit verbundenen Augen den Weg ins Bett gefunden. Es ist alles Gewohnheitssache.

Die Frau, die, wie sie mir selbst erzählte, Concepción Castillo López hieß, war jung und zierlich, hatte ein Schelmengesicht, das sie sympathisch machte, war eingebildet und keß, wie es den Frauen von Madrid nachgesagt wird; sie blickte mir dreist ins Gesicht, sprach mit mir von allen möglichen Dingen, bewies mir aber bald – sobald ich ihr nämlich dazu Veranlassung gab –, daß mit ihr nichts zu machen, von ihr nichts zu erwarten war. Sie war in ihren Mann verliebt und für sie gab es keinen anderen als ihn; das war schade, denn sie war hübsch und anziehend wie wenige, trotzdem sie sich von den Frauen meiner Heimat unterschied, da sie mir aber nie auch nur den kleinsten Finger reichte, ich aber andererseits eingeschüchtert war, blieb sie vor mir bewahrt, und ihr Ansehen stieg in meinen Augen so hoch, daß sie mir bald ganz entfremdet war und es mir nicht mehr eingefallen wäre, auch nur an sie zu denken. Ihr Mann war eifersüchtig wie ein Sultan und vertraute seiner Frau so wenig, daß er ihr nicht einmal erlaubte, sich auf der Treppe zu zeigen. Ich erinnere mich eines Sonntagnachmittags, als es ihm einfiel, mich zu einem

Spaziergang im Retiro-Park mit ihm und seiner Frau aufzufordern. Er vertrieb sich die Zeit damit, seiner Frau Vorwürfe zu machen, daß sie diesen oder jenen anschaue, Vorwürfe, die sie mit einer gewissen Genugtuung und mit allen Zeichen der Zuneigung ertrug, was mich am meisten verwirrte, denn das hätte ich am wenigsten erwartet. Wir gingen im Park auf der Promenade am Teich auf und ab, und irgendwo dort fing Estévez mit einem anderen Spaziergänger einen Disput an, der laut schreiend geführt wurde und so schnell und mit so speziellen Ausdrücken, daß ich nicht die Hälfte von dem verstand, was sie sagten; sie stritten sich, weil der andere offenbar der Concepción nachgeschaut hatte, und noch heute wundere ich mich, daß sie trotz der unzähligen Beleidigungen, die sie sich gegenseitig an den Kopf warfen, keinerlei Anstalten machten, handgreiflich zu werden. Sie bezichtigten ihre Mütter der Lüge, sie nannten sich ohne Umschweife schreiend kahlköpfige Flegel und Hahnrei, erboten sich gegenseitig, des anderen Eingeweide zu essen, krümmten sich dabei aber seltsamerweise kein Härchen. Ich fürchtete mich angesichts so seltsamer Bräuche, hütete mich aber wohlweislich, mich einzumischen, obgleich ich für alle Fälle bereit war, dem Freund zur Seite zu stehen. Als es ihnen zu dumm wurde, sich Unanständigkeiten zuzuschreien, gingen beide dorthin zurück, woher sie gekommen waren, und nichts war passiert.

So macht's Spaß! Wenn wir Leute vom Land nur so viel herunterschlucken könnten wie die Städter, die Gefängnisse wären so leer wie manche Inseln.

Nach knapp zwei Wochen beschloß ich, weiterzuziehen, dem Ziel entgegen, das ich mir gesetzt hatte, obwohl ich von Madrid nicht allzuviel gesehen hatte – es ist keine Stadt, die man schnell kennenlernt –, packte das Wenige, was ich hatte, in ein Köfferchen, das ich mir kaufte, holte mir die Fahrkarte, ging in Begleitung von Estévez, der mich bis zum letzten Augenblick nicht verließ, zum Bahnhof – es war ein anderer als der, auf dem ich angekommen war – und ich machte mich auf den Weg nach La Coruña, wo, wie man mir versichert hatte, Dampfer anlegten, die nach Amerika fuhren. Die Reise nach der Hafenstadt dauerte etwas länger als die von meinem Dorf nach Madrid; denn die Entfernung war größer, da aber die Nacht ohnehin schon halb vorüber war und ich nicht zu denen gehöre, die beim Rütteln und dem Lärm des Zuges nicht schlafen können, verging die Zeit viel schneller, als ich geglaubt hatte, und wie mir die Mitreisenden ankündigten, sah ich ein paar Stunden nach dem Wachwerden das Meer vor mir, ein Anblick, der mich mit am meisten in meinem Leben überwältigte, so unendlich groß und unergründlich erschien es mir.

Ich hatte kaum das Notwendigste geordnet, als mir klarwurde, daß ich sehr naiv gewesen war zu glauben, die Peseten in meiner Tasche würden für die Überfahrt nach Amerika genügen. Es war mir bis dahin nie eingefallen, darüber nachzudenken, wie teuer eine Seereise sein könnte. Ich ging zu einer Agentur und fragte an einem Schalter, von wo man mich zu einem anderen schickte, wartete wenigstens drei Stunden in einer Schlange, bis ich endlich bis zu dem Angestellten vorgedrungen war, und kaum begann ich mich zu erkundigen, welches Ziel für mich am besten wäre und was mich die Reise dahin kosten würde, als mir der Angestellte wortlos den Rücken zukehrte und mit einem Papier in der Hand wieder zurückkam.

»Fahrpläne... Preise... Abfahrten von La Coruña am Fünften und Zwanzigsten jeden Monats.«

Ich versuchte ihm klarzumachen, daß ich mit ihm von meiner Reise sprechen wollte, aber es war zwecklos. Er schnitt mir das Wort mit einer Unfreundlichkeit ab, die mich völlig verwirrte.

»Halten Sie mich nicht auf.«

Ich zog mit dem Fahrplan und der Preisliste ab. Die Abfahrtstage hatte ich im Kopf. Was nützten sie mir schon!

In dem Haus, in dem ich lebte, wohnte auch ein Artilleriefeldwebel, der sich erbot, mir zu erklären, was die Papiere besagten, die man mir in der Agentur gegeben hatte, aber sobald er zu den Fahrpreisen kam und zu den Zahlungsbedingungen, rutschte mir das Herz in die Hose, denn ich besaß nicht einmal die Hälfte. Das Problem, dem ich mich gegenüber sah, war kein kleines, und mir fiel keine Lösung ein; der Feldwebel, dessen Name Adrian Nogueira war, gab meinen Wünschen immer neue Nahrung; er selbst war drüben gewesen und erzählte ständig von Havanna und sogar von New York. Ich hörte ihm, warum es verheimlichen, wie geblendet zu und beneidete ihn, wie ich niemanden je beneidet habe, aber, da ich auch einsah, daß er mir nur den Mund wässerig machte, bat ich ihn eines Tages, er möge aufhören, und mein Entschluß, im Lande zu bleiben, sei gefaßt. Er setzte ein ungläubiges Gesicht auf, sprach aber nicht ein einziges Mal mehr von der Sache, da er, wie alle Galicier, diskret und zurückhaltend war.

Der Kopf brummte mir, soviel dachte ich darüber nach, was ich tun sollte, und da mir jede Lösung akzeptabel erschien, solange sie nicht darin bestand, nach Hause zurückzukehren, packte ich zu, wo sich eine Gelegenheit bot, schleppte Koffer am Bahnhof und große Ballen am Pier, half bei der Küchenarbeit im Hotel am Bahnhof, spielte eine Weile Nachtwächter in der Tabakfabrik und tat dies und jenes. Das Ende meiner Zeit am Meer erlebte ich in der Wirtschaft der Apacha, in der Calle del Papagayo, linker Hand; dort war ich Mädchen für alles, obwohl sich meine hauptsächliche Arbeit darauf beschränkte, jene hinauszukomplimentieren, denen man anmerkte, daß sie nur Händel suchten.

Dort blieb ich anderthalb Jahre, die, zusammen mit dem halben Jahr, das ich mich vorher schon in der Welt herumgetrieben hatte und nicht zu Hause gewesen war, dazu führten, daß ich häufiger, als ich geglaubt hätte, daran dachte, was ich dort zurückgelassen hatte; anfangs kam das nur des Nachts vor, wenn ich im Bett lag, das man mir in der Küche richtete, aber allmählich füllte die Erinnerung alle Stunden aus, und es kam der Tag, an dem die Schwermut, die Morriña, wie sie in La Coruña sagen, mich so packte, daß ich es kaum erwarten konnte, in die Hütte an der Landstraße zurückzukehren. Ich glaubte, von meiner Familie gut aufgenommen zu werden – die Zeit heilt jede Wunde –, und der Wunsch wuchs in mir wie Pilze in der Feuchtigkeit. Ich borgte mir Geld, was mich einige Mühe kostete, bekam es aber schließlich doch zusammen wie alles, worum ich beharrlich bat, und eines schönen Tages, nachdem ich mich von allen meinen Beschützern, der Apacha an der Spitze, verabschiedet hatte, machte ich mich auf die Heimreise. Die Reise hätte einen guten Ausgang genommen, wenn nicht der Teufel – was ich damals noch nicht wußte – während meiner Abwesenheit seine Machenschaften in meinem Hause getrieben hätte und in meine Frau gefahren wäre. In Wirklichkeit war es nur natürlich, daß meine Frau, jung und schön wie sie damals war, bei ihrer mangelnden Bildung die Abwesenheit ihres Mannes allzusehr empfand. Meine Flucht war die größte Sünde, diejenige, die ich nie hätte begehen sollen und die Gott strafen, ja sogar grausam strafen wollte...

15

Seit meiner Rückkehr waren sieben Tage vergangen, als meine Frau, die mich nach außen hin jedenfalls mit großer Zärtlichkeit empfangen hatte, meine Träume unterbrach und sagte: »Ich habe dich, glaube ich, sehr kühl empfangen.«

»Aber nein, Lola.«

»Ich habe dich nicht eben erwartet, weißt du, ich dachte, ich würde dich nie wiedersehen...«

»Aber jetzt freust du dich doch?«

»Ja, jetzt freue ich mich...«

Es war, als ob sie irgend etwas quälte; eine große Veränderung schien mit ihrem ganzen Wesen vorgegangen zu sein.

»Hast du immer an mich gedacht?«

»Immer! Wäre ich sonst zurückgekommen?«

Meine Frau schwieg einen Augenblick. »Zwei Jahre sind eine lange Zeit...«

»Sehr lange.«

»Und in zwei Jahren dreht sich die Erde viele Male...«

»Ja, zweimal um die Sonne, das hat mir ein Seemann in La Coruña erzählt.«

»Sprich nicht von La Coruña.«

»Warum nicht?«

»Darum nicht. Ich wünschte, es gäbe kein La Coruña.« Ihre Stimme war tonlos geworden und ihr Blick düster wie ein Wald von Schatten. »So viele Male dreht sie sich.«

»So viele Male...«

»Und man denkt, zwei Jahre ist er fort. Gott wird ihn zu sich genommen haben.«

»Willst du noch was sagen?«

»Nein, nichts.« Lola begann bitterlich zu weinen. Flüsternd gestand sie: »Ich erwarte wieder ein Kind.«

»Ein Kind?«

»Ja.«

Ich war starr vor Schreck. »Von wem?«

»Bitte, frag nicht!«

»Nicht fragen soll ich? Ich will aber fragen. Ich bin immerhin dein Mann.«

Das löste ihre Zunge. »Mein Mann, der mich töten will. Mein Mann, der mich zwei Jahre allein läßt. Mein Mann, der vor mir flieht, als sei ich aussätzig. Mein Mann –«

»Hör auf!«

Ja, es war besser, wenn sie aufhörte, sagte mir mein Gewissen. Es war besser, die Zeit verstreichen, das Kind auf die Welt kommen zu lassen... Die Nachbarn würden über meine Frau reden, würden mir verstohlen nachschauen, würden tuscheln, wenn sie mich vorübergehen sähen...

»Soll ich die Engracia rufen?«

»Sie ist schon dagewesen.«

»Was sagt sie?«

»Daß alles gutgehen wird.«

»Nein, das meine ich nicht, nicht das...«

»Was meinst du dann?«

»Nichts... nur wäre es vielleicht angebracht, wenn wir die Angelegenheit irgendwie unter uns regelten.«

Meine Frau machte eine bittende Gebärde. »Bist du dazu fähig, Pascual?«

»Ja, Lola, dazu bin ich fähig. Wird es wie das erste Mal sein?«

»Ich spüre das Kind in mir stärker als alle anderen Pascual, ich fühle, daß es leben wird...«

»Zu meiner Schande.«

»Oder zu deinem Glück. Was wissen denn die Leute schon?«

»Die Leute? Und ob die es wissen.«

Lola lächelte mit dem Lächeln eines mißhandelten Kindes. Ihr Lächeln schmerzte. »Vielleicht können wir dafür sorgen, daß sie nichts davon erfahren.«

»Und sie werden es doch alle erfahren.«

Gott weiß, ich fühlte mich nicht schlecht, aber man ist ja an die Sitten und Bräuche gebunden wie der Esel an den Halfterstrick.

Wenn es mir als Mann nur erlaubt gewesen wäre zu vergeben, ich hätte ihr vergeben, aber die Welt ist nun einmal so, wie sie ist, und es ist ein eitles Unterfangen, gegen den Strom zu schwimmen.

»Ich halte es für besser, sie zu rufen.«

»Die Engracia?«

»Ja.«

»Nein, um Gottes willen! Nein! Noch eine Fehlgeburt? Immer nur gebären um des Gebärens willen, nur um Schmutz zur Welt zu bringen?« Sie warf sich auf die Erde und küßte meine Füße. »Ich gebe dir mein ganzes Leben, wenn du es mir läßt.«

»Ich will es aber nicht haben.«

»Meine Augen und mein Blut, weil ich dich betrogen habe.«

»Nein.«

»Meine Brüste, mein Haar, meine Zähne. Ich gebe dir, was du willst. Nur nimm mir das Kind nicht, denn nur für das Kind lebe ich.«

Es war das beste, sie weinen zu lassen, sie lange weinen zu lassen, bis sie erschöpft umsank, ihre Nerven verbraucht waren, aber sie würde ruhiger sein, der Vernunft zugänglicher.

Meine Mutter, diese Unglückselige, die wohl die Kupplerin gespielt hatte, schien mich zu meiden und ließ sich kaum sehen. Das Feuer der Wahrheit brennt schmerzhaft! Sie sprach nur das Nötigste mit mir, ging aus der einen Tür hinaus, wenn ich durch die andere hereinkam und hatte – was vorher nie passiert war und später nie mehr vorkam – das Essen pünktlich zur festgesetzten Stunde auf dem Tisch. Es ist grausam, daß man Furcht verbreiten muß, um in Frieden leben zu können! Ihr ganzes Verhalten war von solcher Sanftmut, daß es mich völlig aus der Fassung brachte. Mit ihr wollte ich nicht über Lola sprechen; es war eine Angelegenheit, die nur uns beide anging und auch nur zwischen uns beiden gelöst werden mußte.

Eines Tages rief ich Lola und sagte zu ihr: »Du kannst beruhigt sein.«

»Warum?«

»Weil niemand die Engracia rufen wird.«

Lola blieb einen Augenblick nachdenklich wie ein Fischreiher. »Du bist sehr gut zu mir, Pascual.«

»Besser als du glaubst.«

»Und besser als ich es bin.«

»Darüber wollen wir nicht sprechen. Von wem... ist es?«

»Bitte, frag nicht danach.«

»Ich möchte es aber wissen, Lola.«

»Aber ich habe Angst, es dir zu sagen.«

»Angst?«

»Ja, davor, daß du ihn umbringst.«

»So sehr liebst du ihn?«

»Ich liebe ihn nicht.«

»Warum dann also?«

»Es scheint, als sei Blut der Nährboden deines Lebens.«

Ihre Worte hafteten in meiner Erinnerung, als wären sie mit Feuer eingebrannt, und wie mit Feuer eingebrannt werden sie mit mir sterben.

»Und wenn ich dir schwöre, daß nichts geschehen wird?«

»Ich würde dir nicht glauben.«

»Und warum nicht?«

»Weil es nicht sein kann, Pascual, du bist ein Mann!«

»Gott sei Dank. Aber noch gilt mein Wort...«

Lola warf sich in meine Arme. »Ich würde Jahre meines Lebens darum geben, alles ungeschehen zu machen.«

»Ich glaube dir.«

»Und damit du mir verzeihst.«

»Ich verzeihe dir, Lola. Aber du wirst mir sagen...«

»Ja.«

Sie war leichenblaß, verstört, nie hatte ich sie so gesehen; ihr Gesicht jagte mir Angst ein, eine fürchterliche Angst davor, daß das Unglück mit mir zurückgekehrt sei. Ich nahm ihren Kopf zwischen meine Hände und streichelte sie, ich sprach zärtlicher zu ihr, als es je der treueste Gatte getan hätte, ich drückte sie zärtlich an meine Schulter, voll Verständnis für das, was sie durchgemacht hatte, aber zugleich fürchtete ich, daß sie bei einer erneuten Frage ohnmächtig werden könnte.

»Wer war es?«

»Der Estirao!«

»Der Estirao?«

Lola antwortete nicht.

Sie war tot. Der Kopf fiel ihr auf die Brust; das Haar bedeckte ihr Gesicht... Einen Augenblick lang blieb sie noch im Gleichgewicht, so wie sie dasaß, im nächsten Moment schlug sie auf den Küchenboden aus festgetretenen Kieselsteinen...

16

Ein Nest voller Skorpione rührte sich in meiner Brust, und in jedem Blutstropfen meiner Adern lebte eine Viper, die mir ins Herz biß.

Ich ging den Mörder meiner Frau suchen, den, der meine Schwester entehrt hatte, den Menschen, dem ich alle Bitternis zu danken hatte; es kostete mich Mühe, ihn zu finden, denn er hatte das Weite gesucht. Der Gauner hatte von meiner Ankunft gehört, war davongelaufen und ließ sich ganze vier Monate lang nicht in Almendralejo sehen; ich setzte ihm nach, kam dabei ins Haus der Nieves, begegnete Rosario... Wie sehr hatte sie sich verändert! Sie war alt geworden, ihr Gesicht zerfurcht von frühen Falten, schwarze Schatten unter den Augen, das Haar glanzlos; es schmerzte, sie so zu sehen, sie, die so schön gewesen war.

»Wen suchst du hier?«

»Ich suche einen Mann.«

»Wer vor dem Feinde flieht, den kann man kaum einen Mann nennen.«

»Kaum...«

»Und auch nicht den, der den Besuch nicht abwartet, mit dem man rechnen muß.«

»Kaum... Wo ist er?«

»Weiß ich nicht. Gestern ist er fort.«

»Wohin?«

»Ich weiß es nicht.«

»Bestimmt nicht?«

»Nein.«

»Bist du sicher?«

»So sicher wie es jetzt Tag ist.«

Es war offenbar so, wie sie sagte; Rosario bewies mir ihre Zuneigung später, als sie den Estirao verließ und nach Hause zurückkehrte, um für mich zu sorgen.

»Weißt du, ob er weit fort ist?«

»Er hat mir nichts gesagt.«

Mir blieb nichts anderes übrig, als mich zu zügeln; es ist eines Mannes nicht würdig, die Wut, die man auf Halunken hat, Unschuldige büßen zu lassen.

»Weißt du, was passiert ist?«

»Ja.«

»Und hast geschwiegen?«

»Wem hätte ich's sagen sollen?«

»Natürlich, niemandem...«

Tatsächlich war es so, daß sie mit niemandem darüber hatte sprechen können; es gibt Dinge, die niemanden etwas angehen, Dinge, die man allein tragen muß wie ein Märtyrerkreuz und von denen man anderen gegenüber schweigen muß. Nicht alles, was einem passiert, kann man den Leuten erzählen, denn in den meisten Fällen würden sie es nicht einmal verstehen.

Die Rosario kam mit mir. »Keinen Tag länger bleibe ich hier. Ich bin's leid.«

Sie kam nach Hause zurück, schüchtern und befangen, bescheiden und arbeitsam, wie ich sie nie zuvor gesehen hatte; sie umsorgte und pflegte mich, und ich konnte ihr nie genug dafür danken und, was noch schlimmer ist, werde es ihr auch nie danken können. Stets hatte sie für mich ein sauberes Hemd bereit, ging mit dem Geld sparsam um, hielt das Essen warm, wenn ich mich verspätete... Es war eine Freude, so zu leben! Leicht wie Federn flogen die Tage vorbei; die Nächte waren ruhig wie in einem Kloster, und die finsteren Gedanken, die mich zu anderen Zeiten so quälten, schienen mich freigegeben zu haben. Vergessen waren die schrecklichen Tage von La Coruña. Immer undeutlicher in der Erinnerung die Zeit der Messerstecherei! Das Andenken an Lola, die in meinem Herzen eine tiefe Lücke hinterlassen hatte, verblaßte, und die Vergangenheit geriet allmählich in Vergessenheit, bis mein böser Stern, dieser Unglücksstern, der es darauf abgesehen zu haben schien, mich zu verfolgen, zu meinem Unglück alles wieder auferstehen ließ.

Es war bei Martinete in der Taverne. Der junge Herr Sebastián erzählte es mir.

»Hast du den Estirao gesehen?«

»Nein, warum?«

»Nichts weiter. Man sagt nur, daß er zurück im Dorf sei.«

»Im Dorf?«

»So sagt man.«

»Willst du mich zum besten halten?«

»Hab dich doch nicht so, Mensch, ich erzähle dir doch nur, was man mir gesagt hat. Warum sollte ich dich zum besten halten?«

Ich konnte es kaum erwarten, festzustellen, was an seinen Worten wahr sei. Ich lief nach Hause, schnell wie der Blitz, ohne darauf zu achten, wohin ich trat. In der Tür traf ich meine Mutter.

»Wo ist Rosario?«

»Da drin ist sie.«

»Allein?«

»Ja, warum?«

Ich blieb ihr die Antwort schuldig, ging in die Küche und fand Rosario, die das Essen auf dem Feuer umrührte.

»Und der Estirao, wo ist er?«

Rosario erschrak sichtlich; sie hob den Kopf und antwortete zumindest äußerlich ruhig: »Warum fragst du mich danach?«

»Weil er im Dorf ist.«

»Im Dorf?«

»So hat man mir's erzählt.«

»Hier ist er nicht gewesen.«

»Bestimmt nicht?«

»Das schwör' ich dir.«

Es war nicht nötig, daß sie mir schwor; sie sprach die Wahrheit, noch war er nicht dagewesen, aber wenige Augenblicke später kam er, prahlerisch wie ein Kartenkönig, dreist wie ein Zigeuner.

Er fand die Tür von meiner Mutter bewacht.

»Ist Pascual da?«

»Was willst du von ihm?«

»Nichts weiter, ich wollte mit ihm über etwas sprechen.«

»Über was denn?«

»Über eine Sache, die uns beide angeht.«

»Komm rein, er ist in der Küche.«

Der Estirao trat ein, ohne den Hut abzunehmen, und pfiff sich ein Liedchen.

»Hallo, Pascual.«

»Hallo, Paco. Nimm den Hut ab, du bist in einem Haus.«

Der Estirao nahm den Hut ab. »Wenn du willst.«

Er wollte ruhig und unbefangen erscheinen, aber es gelang ihm nicht; er war sichtlich nervös und verstört.

»Hallo, Rosario.«

»Hallo, Paco.«

Meine Schwester lächelte ihm furchtsam zu; ihr Lächeln widerte mich an; der Mann lächelte auch, aber sein Mund schien dabei alle Farbe zu verlieren.

»Weißt du, warum ich hier bin?«

»Du wirst es mir schon sagen.«

»Ich will die Rosario mitnehmen.«

»Das hab' ich mir gedacht, Estirao. Aber du wirst die Rosario nicht mitnehmen.«

»Nicht mitnehmen?«

»Nein.«

»Wer wird mich daran hindern?«

»Ich.«

»Du?«

»Ja, ich, oder meinst du, daß ich nicht zähle?«

»Nicht viel...«

Ich war in jenem Augenblick kalt wie eine Echse und war mir über die Tragweite meiner Handlungsweise völlig im klaren. Ich zog meine Jacke zurecht, schätzte die Entfernung ab, und ohne ihm Zeit für ein weiteres Wort zu lassen, damit es mir nicht wieder so ging wie damals, schlug ich ihm mit einem Schemel so heftig mitten ins Gesicht, daß er rücklings hinschlug und wie tot gegen den Kamin fiel. Er versuchte, sich aufzurichten, zog das Messer, und in seinen Augen glühte ein schreckliches Feuer; aber seine Schulterknochen waren gebrochen, er konnte sich nicht bewegen. Ich hob ihn auf und setzte ihn an den Straßenrand, wo ich ihn zurückließ.

»Estirao, du hast meine Frau umgebracht...«

»Sie war eine Schlampe.«

»Mag sie gewesen sein, aber du hast sie getötet. Du hast meine Schwester entehrt –«

»Die war schon entehrt, ehe ich sie nahm.«

»Mag sein, aber du bist es gewesen, der sie zugrunde gerichtet hat. Halt endlich das Maul! Du hast Streit mit mir gesucht und gefunden, ich wollte dich nicht verletzen, wollte dir nicht die Rippen brechen...«

»Ich werde eines Tages wieder gesund sein und dann –«

»Was dann?«

»Dann knalle ich dich nieder wie einen tollwütigen Hund.«

»Denk lieber daran, daß ich dich jetzt in meiner Gewalt habe.«

»Du, du bringst mich bestimmt nicht um.«

»Ich könnte dich nicht umbringen?«

»Nein.«

»Warum sagst du das? Du fühlst dich wohl sehr sicher?«

»Der Mann ist noch nicht geboren.« Der Bursche hatte Mut.

»Gehst du jetzt endlich?«

»Ich gehe, wenn es mir paßt.«

»Und das wird jetzt sofort sein.«

»Gib mir die Rosario.«

»Ich denk' nicht daran.«

»Gib sie heraus, oder ich bring' dich um.«

»Du mich umbringen? Hast du noch nicht genug abbekommen?«

»Du willst sie also nicht herausgeben?«

»Nein.«

Estirao versuchte mit einer übermenschlichen Anstrengung, mich beiseite zu schieben.

Ich hielt ihn am Kragen fest und drückte ihn zu Boden.

»Mach, daß du fortkommst!«

»Ich will aber nicht.«

Wir rangen miteinander, ich warf ihn zu Boden und mit dem Knie auf seiner Brust gestand ich: »Ich bringe dich nicht um, weil ich es ihr versprochen habe...«

»Wem?«

»Lola.«

»Dann hat sie mich also geliebt?«

Das war zuviel der Unverschämtheit. Ich drückte das Knie etwas stärker gegen seine Brust... Es knackte wie brutzelndes Fleisch... Er fing an, Blut zu spucken. Als ich aufstand fiel sein Kopf kraftlos zur Seite...

17

Drei Jahre lang war ich eingesperrt, drei lange Jahre, die langsam wie Kummer vergingen, so daß ich anfangs glaubte, sie würden nie enden; später dachte ich, es sei nur ein Traum gewesen. Drei Jahre lang arbeitete ich Tag für Tag in der Schusterwerkstatt des Gefängnisses und genoß in den Ruhepausen die Sonne im Hof, der ich so dankbar war; drei Jahre sah ich sehnsüchtigen Herzens die Stunden verstreichen, die Stunden, deren Zahl zu meinem Unglück gekürzt wurde wegen guter Führung.

Es schmerzt zu denken, daß jener Unglücksstern, jenes blinde Verhängnis, von dem ich früher schon gesprochen habe, mich auch die paar Male nicht verließ, in denen es mir einfiel, mich nicht allzu schlecht zu betragen; er ließ die Dinge eine derartige Wendung nehmen und richtete es so ein, daß alle Güte meiner verfluchten Seele nichts half. Ja, schlimmer noch, nicht nur daß die Güte mir nichts genützt hat, sondern dadurch, daß sie vom Weg abkam und entartete, mußte sie mich zu immer noch Schlimmerem führen. Hätte ich mich schlecht geführt, hätte ich die achtundzwanzig Jahre, die man mir aufgebrummt hatte, in Chinchilla auch abgesessen; ich wäre wie alle Sträflinge bei lebendigem Leibe verfault, hätte mich bis zum Wahnsinn gelangweilt, wäre verzweifelt, hätte alles Göttliche verflucht, wäre schließlich voller Gift gewesen, aber ich wäre immer noch dort, das Verbrechen büßend, frei von neuen Bluttaten, gefangen und eingesperrt – gewiß –, aber mein Kopf säße so sicher auf meinen Schultern wie bei meiner Geburt, und ich wäre frei von aller Schuld, abgesehen von der Erbsünde. Hätte ich mich schlecht und recht geführt, so wie mehr oder weniger alle Gefangenen, dann wären aus den achtundzwanzig Jahren vielleicht vierzehn oder sechzehn geworden, meine Mutter eines natürlichen Todes gestorben, ehe ich freigelassen worden wäre, meine Schwester Rosario hätte ihre Jugend verloren, und mit der Jugend die Schönheit und mit der Schönheit die Gefährlichkeit, und ich, ich armer Wicht, ich unglücklicher Lump, der Ihnen und der Gesellschaft so wenig Mitleid abringen kann, ich wäre entlassen worden so sanft wie ein Schaf, so weich wie eine Decke und wahrscheinlich weit entfernt von jeglicher Gefahr eines Rückfalls. Zu dieser Stunde würde ich vielleicht ruhig irgendwo leben, irgendeiner Arbeit nachgehen, die mich ernährte, und versuchen, die Vergangenheit zu vergessen, um nur noch in die Zukunft zu blicken; vielleicht hätte ich heute dieses Ziel schon erreicht... Aber ich führte mich, so gut ich nur konnte, machte gute Miene zum bösen Spiel, leistete mehr als von mir verlangt wurde, und es gelang mir, die Behörden zu erweichen, erreichte, daß der Direktor günstig über mich berichtete... und sie ließen mich laufen, öffneten mir die Tore, überließen mich schutzlos dem Bösen und sagten mir: »Du hast deine Strafe abgebüßt, Pascual. Geh wieder hinaus in den Kampf, in das Leben, geh zurück und ertrage die anderen, sprich mit ihnen, finde dich bei ihnen zurecht.«

Und im Glauben, mir einen Gefallen zu tun, richteten sie mich für immer zugrunde.

Diese Gedanken waren mir noch nicht gekommen, als ich dieses und die zwei folgenden Kapitel zum ersten Mal niederschrieb; aber die erste Niederschrift hat man mir weggenommen (ich kann mir nicht erklären, warum). Ihnen mag das eigenartig erscheinen, und Sie werden mir vielleicht nicht glauben, doch während ich mich über die grundlose Niedertracht grämte, die mich tief schmerzte und andererseits in der Wiederholung gefangen war, die mir die Erinnerung aufzwingt und die Gedanken sich langsam setzen läßt, flossen sie mir aus der Feder. Da ich es nicht als Buße empfinde, wenn man mein Vorhaben verhindern will – genug Buße hab' ich leisten müssen für die Schwäche meines Geistes, wenngleich nicht für meine vielen Fehler –, schrieb ich die Gedanken nieder, genauso wie sie mir kamen, damit Sie sie beurteilen, wie es Ihnen beliebt.

Als ich entlassen wurde, fand ich das Land trauriger, weit trauriger vor, als ich es mir vorgestellt hatte. Während meiner Gefangenschaft bildete ich mir ein, ich weiß nicht, warum, es sei grün und üppig wie eine Wiese, fruchtbar und schön wie ein Weizenfeld, die Bauern fleißig bei der Arbeit, fröhlich schaffend vom Morgen bis zum Abend, singend, den ledernen Weinschlauch immer in der Nähe und den Kopf frei von schlechten Gedanken. Ich fand das Land leer und welk wie einen Friedhof, entvölkert und einsam wie eine dörfliche Einsiedelei nach dem Fest der Schutzpatronin...

Chinchilla ist ein unbedeutender Flecken wie alle in der Provinz La Mancha, niedergedrückt unter einem großen Schmerz, grau und müde wie alle Dörfer, in denen die Menschen nicht mit der Zeit gehen; ich blieb dort nur so lange, bis der Zug kam, zu meinem Haus, zu meiner Familie; zurück in das Dorf, das ich an derselben Stelle wiederfinden, zu meinem Haus, das wie ein Juwel in der Sonne leuchten würde, zu meiner Familie, die mich nicht erwartete und die nicht ahnte, daß ich so bald schon zurück sein würde, zu meiner Mutter, die Gott in den drei Jahren vielleicht milder gemacht hatte, zu meiner Schwester, zu meiner geliebten, treuen Schwester, die vor Freude Luftsprünge machen würde, wenn sie mich sähe.

Der Zug kam nicht, verspätete sich um viele Stunden. Es ist eigenartig, daß ein Mensch, der so lange gewartet hat, eine Verspätung von ein paar Stunden mit solcher Ungeduld empfindet, aber ich wurde ungeduldig, und das Warten brachte mich aus der Fassung, als ob irgendein wichtiges Geschäft mir verlorenginge. Ich wartete auf dem Bahnhof, ging in die Bahnhofswirtschaft, spazierte durch ein Feld, das daneben lag... Nichts; der Zug kam und kam nicht, war nicht einmal zu sehen. Ich dachte an das Zuchthaus, das dort in der Ferne, hinter dem Bahnhofsgebäude zu sehen war; es schien völlig verlassen und war doch voll, umschloß einen Haufen von Unglücklichen, mit deren Lebensläufen man ebenso viele hundert Seiten hätte füllen können, wie ihrer da waren. Ich dachte an den Direktor, an das letzte Mal, als ich ihn gesehen hatte; er war ein kahlköpfiger alter Mann mit grauem Schnurrbart und Augen so blau wie der Himmel; er hieß Don Conrado. Ich verehrte ihn wie einen Vater, war ihm dankbar für die vielen Trostworte, die er bei so vielen Gelegenheiten für mich gefunden hatte. Ich sah ihn zuletzt in seinem Amtszimmer, wohin er mich hatte rufen lassen.

»Mit Verlaub, Don Conrado?«

»Nur herein, mein Sohn.«

Seine Stimme war mit den Jahren und durch langes Siechtum gebrochen, und wenn er uns seine Söhne nannte, schien sie noch gütiger zu klingen, und es war, als zitterten die Worte vor Rührung auf seinen Lippen. Er hieß mich ihm gegenüber Platz nehmen, hielt mir den Tabaksbeutel hin, der groß und aus Ziegenfell war, holte ein Heftchen mit Zigarettenpapier heraus, das er mir ebenfalls anbot.

»Zigarette?«

»Danke, Don Conrado.«

Er lachte.

»Viel Rauch ist gut, wenn man mit dir spricht. So sieht man weniger von deinem häßlichen Gesicht.«

Er lachte schallend; das Lachen ging in einen Hustenanfall über, der ihn fast erstickte und so lange dauerte, bis sein Gesicht rot wie eine Tomate anlief. Aus einem Schrank holte er zwei Gläser und eine Flasche Cognac. Ich erschrak; gewiß, er hatte mich immer gut behandelt, aber nie so wie an jenem Tage.

»Was ist los, Don Conrado?«

»Nichts, mein Sohn, gar nichts... Komm, trink... auf deine Freiheit!« Er mußte wieder husten.

Ich wollte ihn fragen »Auf meine Freiheit?«, doch er bedeutete mir mit einer Handbewegung zu schweigen. Diesmal war es umgekehrt, der Husten ging in ein Lachen über.

»Ja, ja, ihr Gauner habt immer alle Glück.«

Er lachte und freute sich wie ein Kind, Überbringer der guten Botschaft sein zu können. Armer Don Conrado, wie gut er war! Hätte er nur gewußt, daß es besser für mich gewesen wäre, nicht freigelassen zu werden. Als ich nach Chinchilla zurückkam, wieder in jenes Haus, sah er es ein, mit Tränen in den Augen, in jenen Augen, die nur um ein weniges blauer waren als die Tränen.

»Jetzt aber im Ernst. Lies...«

Er hielt mir den Entlassungsbefehl hin. Ich traute meinen Augen nicht.

»Hast du gelesen?«

»Jawohl.«

Er öffnete eine Aktenmappe und holte zwei gleiche Papiere heraus, den Entlassungsschein. »Nimm, das ist für dich. Damit kannst du gehen, wohin du willst. Unterschreib hier, ohne zu klecksen.«

Ich faltete das Papier zusammen, steckte es in die Brieftasche... Ich war frei! Was in jenem Augenblick in mir vorging, kann ich nicht beschreiben. Don Conrado wurde ernst; er hielt mir eine Predigt über Ehrbarkeit und gute Sitten und gab mir gute Ratschläge, wie ich meine Triebe zügeln könnte; hätte ich mich nur daran gehalten, manch schwerer Verdruß wäre mir erspart geblieben. Als er geendet hatte, händigte er mir zum Abschluß des Festes fünfundzwanzig Peseten aus im Namen der »Frauenvereinigung zur Besserung der Gefangenen«, einer Madrider Wohltätigkeitseinrichtung, gegründet zu unserer Unterstützung. Es klingelte, und ein Gefängnisbeamter erschien.

Don Conrado hielt mir die Hand hin. »Leb wohl, mein Sohn, Gott schütze dich.« Ich war außer mir vor Freude.

Er wandte sich dem Aufseher zu. »Muñoz, geleiten Sie den Herrn zur Tür, gehen Sie vorher mit ihm bei der Verwaltung vorbei. Er bekommt Unterstützungsgeld für acht Tage.«

Muñoz sah ich zu meinen Lebzeiten nicht wieder, wohl aber Don Conrado, dreieinhalb Jahre später.

Der Zug kam endlich. Früher oder später trifft alles im Leben ein, alles, nur nicht die Vergebung gekränkter Menschen, der scheint es Spaß zu machen, ewig auf sich warten zu lassen. Ich stieg in ein Abteil und erreichte durchgeschüttelt und -gerüttelt nach anderthalb Tagen den mir wohlbekannten Bahnhof, an den ich während der ganzen Reise gedacht hatte. Niemand, absolut niemand außer Gott in der Höhe wußte, daß ich kam, und dennoch – ich weiß nicht, aus welch seltsamer Eingebung heraus – bildete ich mir einen Augenblick lang ein, der Bahnsteig müsse voll froher Menschen sein, die mich winkend, mit wehenden Tüchern empfingen und meinen Namen in alle Winde schrien.

Als der Zug hielt, stach es mir eiskalt wie ein spitzer Dolch ins Herz. Niemand war auf dem Bahnhof. Es war Nacht; der Vorsteher, der Herr Gregorio, hatte gerade mit seiner Signallampe, die eine grüne und eine rote Seite hat, und seinem Fähnchen, das in einem blechernen Halter steckte, dem Zug das Abfahrtszeichen gegeben. Ich dachte, er würde sich umdrehen, mich erkennen, mich beglückwünschen.

»Caramba, Pascual! Du hier?«

»Ja, Herr Gregorio, ich bin frei.«

»Nun sieh mal einer an.« Und er wandte sich ab, ohne mich weiter zu beachten, ging in sein Häuschen.

Ich wollte ihm nachrufen: »Ich bin frei, Herr Gregorio! Frei!«, denn ich meinte, er hätte nicht begriffen. Aber ich blieb einen Augenblick stehen und beschloß, nichts dergleichen zu tun.

Das Blut rauschte mir in den Ohren, und Tränen wollten mir in die Augen schießen. Dem Herrn Gregorio war meine Freiheit völlig gleichgültig.

Das Gepäck auf den Schultern, verließ ich den Bahnhof und bog in einen Pfad ein, der am Dorf vorbei bis zu der Straße führte, an der mein Haus lag. Ich schritt aus, traurig und betrübt; der Herr Gregorio hatte mit seinen armseligen Worten all meine Freude zunichte gemacht, und eine Sturzflut düsterer Gedanken und unheilvoller Vorzeichen, die ich vergeblich zu verscheuchen suchte, quälten mich. Die Nacht war klar und wolkenlos, und mitten im Himmel stand der Mond, einer Hostie ähnlich. Ich versuchte, nicht an die Kälte zu denken, die mir bis in die Knochen drang.

Etwas weiter vorn, rechts vom Pfad war der Friedhof, am gleichen Ort wie immer, umgeben von der gleichen Mauer aus schwärzlichen Lehmziegeln und mit der schlanken Zypresse darin, die sich auch nicht vom Platz gerührt hatte, in ihren Zweigen die Eule. Der Friedhof, auf dem mein Vater von seinem Zorn ausruhte, Mario von seiner Unschuld, meine Frau von ihrem liederlichen

Lebenswandel und der Estirao von seiner allzu großen Unverschämtheit. Der Friedhof, wo die irdischen Reste meiner beiden Kinder faulten, der Fehlgeburt und Pascualillos, der während der elf Monate seines Lebens ein Sonnenschein gewesen war...

Es hinterließ einen bitteren Nachgeschmack, so ins Dorf zu kommen, bei Nacht und allein und als erstes am Friedhof vorbei zu müssen. Es schien, als wolle die Vorsehung mich darauf stoßen, es mir deutlich vor Augen führen, mich dazu zwingen, darüber nachzudenken, wie vergänglich wir sind.

Mein Schatten bewegte sich vor mir her, lang, unendlich lang, so lang wie ein Gespenst, er klebte am Boden, folgte dem Gelände, mal geradeaus auf dem Weg, dann sich an der Friedhofsmauer aufrichtend, als wollte er sich darüberbeugen. Ich lief ein Stück; der Schatten lief ebenfalls. Hielt ich an, stand er gleichfalls still. Ich blickte zum Himmel auf; nicht eine Wolke war an seinem ganzen Rand zu sehen. Der Schatten würde mich also begleiten, Schritt für Schritt, bis ich angekommen war.

Furcht ergriff mich, eine unerklärliche Angst; ich stellte mir vor, die Toten stiegen als Gerippe aus ihren Gräbern auf, um mir nachzuschauen. Ich wagte nicht, den Kopf zu heben und schritt schneller aus; mein Körper schien schwerelos zu sein, auch das Gepäck. In jenem Augenblick schien ich mehr Kräfte denn je zu besitzen. Schließlich raste ich wie ein Hund auf der Flucht dahin; ich lief und lief wie ein Verrückter, zügellos wie ein Besessener. Als ich zu Hause ankam, war ich völlig erschöpft; ich hätte nicht einen Schritt mehr tun können...

Ich stellte mein Bündel auf den Boden und setzte mich darauf. Nichts war zu hören; Rosario und meine Mutter schliefen sicherlich, ohne zu ahnen, daß ich frei und nur wenige Schritte von ihnen entfernt war. Vielleicht hatte meine Schwester während des Zubettgehens ein Salve – das Gebet, das sie am meisten liebte – gebetet, damit man mich freiließ. Vielleicht träumte sie gerade traurig von meinem Unglück, sah mich auf der Pritsche in der Zelle liegen mit meinen Gedanken bei ihr, für die ich als einzige wirkliche Zuneigung in meinem Leben verspürte. Womöglich war sie durch einen Alpdruck im Schlaf aufgeschreckt worden.

Und ich war da, war schon hier, frei und gesund wie ein Apfel, bereit, wieder von vorne anzufangen, sie zu trösten, sie zu verwöhnen, damit sie mir ein Lächeln schenkte.

Ich wußte nicht, was ich tun sollte; ich wollte rufen... Doch das würde sie erschrecken; niemand ruft zu dieser Stunde. Vielleicht würden sie es nicht wagen aufzumachen. Aber ich konnte schließlich auch nicht auf dem Bündel den Anbruch des Tages abwarten.

Zwei Männer, die sich laut unterhielten, kamen die Landstraße entlang; sie waren ausgelassen und fröhlich. Sie kamen von Almendralejo her, hatten dort vielleicht ihre Mädchen besucht. Ich erkannte sie gleich: es waren Martinetes Bruder Léon und der junge Herr Sebastián. Ich versteckte mich; ich weiß nicht, warum, aber ich wollte sie nicht sehen.

Sie gingen sehr dicht am Haus vorbei, ganz in meiner Nähe; ihre Unterhaltung war deutlich zu verstehen.

»Du siehst ja, was Pascual passiert ist.«

»Und der hat ja nichts anderes getan, als was jeder von uns auch getan hätte.«

»Hat seine Frau verteidigt.«

»Natürlich.«

»Und sitzt dafür schon fast drei Jahre lang in Chinchilla, mehr als eine Tagesreise mit der Bahn...«

Ich verspürte eine unendliche Freude; mir schoß der

Gedanke durch den Sinn, mein Versteck zu verlassen, mich ihnen zu erkennen zu geben, sie in die Arme zu schließen... Aber ich zog es vor zu bleiben, wo ich war; im Gefängnis war ich ruhiger geworden, man hatte mir die Impulsivität abgewöhnt.

Ich wartete, bis sie sich entfernt hatten. Als ich glaubte, daß sie genügend weit weg waren, kletterte ich aus dem Graben heraus und ging zur Tür. Dort lag das Bündel; sie hatten es nicht gesehen. Wenn sie es gesehen hätten, wären sie näher getreten, und ich hätte mich zeigen müssen, um alles zu erklären. Und sie hätten wohl geglaubt, daß ich mich vor ihnen versteckte, ihre Gesellschaft meiden wollte.

Ich mochte nicht weiter nachdenken, trat an die Tür und schlug zweimal dagegen. Niemand antwortete; ich ließ ein paar Minuten verstreichen. Nichts. Ich wiederholte das Klopfen, diesmal kräftiger. Im Haus wurde ein Licht angezündet.

»Wer ist da?«

»Ich bin's.«

»Wer?« Es war die Stimme meiner Mutter. Ich freute mich, sie zu hören, warum sollte ich es leugnen.

»Ich, Pascual.«

»Pascual?«

»Ja, Mutter, Pascual.«

Sie öffnete die Tür und sah beim Schein der Lampe wie eine Hexe aus. »Was willst du?«

»Was ich will?«

»Ja.«

»Eintreten, was denn sonst?«

Das war seltsam. Warum behandelte sie mich so?

»Was ist mit dir, Mutter?«

»Nichts, warum?«

»Ach, ich meinte nur, weil du wie versteinert bist.«

Ich könnte schwören, meiner Mutter wäre es lieber gewesen, mich nicht zu sehen. Der alte Haß schien wieder von mir Besitz ergreifen zu wollen. Ich versuchte, ihn zu unterdrücken, darüber hinwegzukommen.

»Und die Rosario?«

»Die ist weg.«

»Weg?«

»Ja.«

»Wohin denn?«

»Nach Almendralejo.«

»Wieder?«

»Ja, wieder.«

»Hat sie einen?«

»Ja.«

»Wer ist es?«

»Was geht's dich an?«

Ich hatte das Gefühl, die Welt bricht zusammen. Ich konnte nicht klar sehen, meinte zu träumen. Wir schwiegen beide eine Weile.

»Und warum ist sie wieder fort?«

»Einfach so.«

»Wollte sie denn nicht auf mich warten?«

»Woher sollte sie wissen, daß du kommst. Sie hat immer von dir gesprochen.«

Arme Rosario, die bei dem elenden Leben, das sie führte, doch so gut war.

»Habt ihr nicht genug zu essen gehabt?«

»Manchmal.«

»Ist sie deshalb gegangen?«

»Wer weiß.«

Wir schwiegen wieder.

»Siehst du sie manchmal?«

»Ja, sie kommt häufig, denn er ist ja auch hier.«

»Er?«

»Ja.«

»Wer ist es denn?«

»Der junge Herr Sebastián.«

Ich meinte, tot umfallen zu müssen. Ich hätte sogar dafür bezahlt, wenn ich doch nur im Zuchthaus hätte bleiben können.

18

Kaum hatte Rosario von meiner Rückkehr erfahren, kam sie mich besuchen.

»Gestern hörte ich, du seiest zurückgekommen. Du kannst dir nicht vorstellen, wie froh ich bin!«

Wie wohl es mir tat, ihre Worte zu hören. »Doch, Rosario, ich weiß. Ich kann's mir denken. Auch ich habe mir so gewünscht, dich wiederzusehen.«

Es schien, als wüßten wir uns nur Höflichkeiten zu sagen, als hätten wir uns erst vor zehn Minuten kennengelernt. Wir bemühten uns beide, unbefangen zu sein. Nach einer Weile fragte ich, um etwas zu sagen: »Wie kam es, daß du wieder weggegangen bist?«

»Einfach so.«

»Ging's euch schlecht?«

»Ziemlich.«

»Und konntest du nicht mehr warten?«

»Ich wollte nicht.« Sie sprach mit rauher Stimme. »Ich hatte keine Lust mehr, Not zu leiden…«

Sie schüttete mir ihr Herz aus; die Ärmste hatte wirklich genug durchgemacht.

»Wir wollen nicht mehr davon sprechen, Pascual.« Rosario lächelte ihr altes Lächeln, jenes traurige, mutlose Lächeln, das allen Unglücklichen eigen ist, die im

Grunde gut sind. »Reden wir von etwas anderem... Weißt du, daß ich dir eine Braut ausgesucht habe?«

»Mir?«

»Ja.«

»Eine Braut?«

»Ja, Mensch, warum denn nicht? Ist das so seltsam?«

»Nein, es kommt mir nur merkwürdig vor. Wer könnte mich denn lieben?«

»Nun, irgendeine. Oder hab' ich dich vielleicht nicht gern?«

Dieses Eingeständnis schwesterlicher Liebe tat mir wohl, obschon ich um ihre Zuneigung ja wußte, ebenso ihre Fürsorge, mir eine Braut zu suchen. Was für eine Idee!

»Wer soll's denn sein?«

»Die Nichte der Engracia.«

»Die Esperanza?«

»Ja.«

»Ein hübsches Ding.«

»Die dich schon liebte, bevor du geheiratet hast.«

»Nie hat sie ein Wort davon gesagt.«

»Was willst du, jeder ist eben, wie er ist.«

»Und du, was hast du ihr gesagt?«

»Nichts, nur, daß du eines Tages zurückkommen würdest.«

»Ich bin zurück.«

»Gott sei Dank!«

Die Braut, die Rosario mir ausgesucht hatte, war wirklich eine schöne Frau. Sie war nicht vom Schlage Lolas, eher das Gegenteil, ein Mittelding etwa zwischen ihr und der Frau des Estévez, und wenn man genauer hinsah, hatte sie sogar eine gewisse Ähnlichkeit mit meiner Schwester. Sie muß damals etwa dreißig oder zweiunddreißig Jahre alt gewesen sein, was man ihr kaum ansah, so jung und frisch erschien sie. Sie war sehr fromm und der Mystik ergeben, was in jener Gegend selten vorkommt, und ließ sich durchs Leben treiben wie die Zigeuner. All ihr Denken schien in den Worten beschlossen, die sie häufig wiederholte: »Warum etwas ändern, es ist doch alles vorbestimmt.«

Als kleines Kind schon war sie Vollwaise geworden und lebte seither mit der Engracia, die ihre Tante, eine Stiefschwester ihres verstorbenen Vaters war, oben auf dem Hügel. Von Natur aus war sie ein wenig scheu und sehr willig; niemand hätte behaupten können, daß sie jemals mit jemandem Streit gehabt hätte, am allerwenigsten mit ihrer Tante, vor der sie großen Respekt an den Tag legte. Sie war hübsch herausgeputzt wie wenige, hatte die Farbe eines Apfels und brachte, als sie bald darauf meine Frau, meine zweite Frau geworden war, solche Ordnung in mein Haus, daß es in vielen Einzelheiten niemand mehr wiedererkannt hätte.

Als ich sie damals das erstemal sah, waren wir beide sehr verlegen; beide wußten wir, was wir uns sagen wollten, beide sahen wir uns verstohlen an, als wollten wir die Bewegungen des anderen erraten.

Wir waren allein, aber das machte es nicht besser; eine Stunde schon waren wir allein miteinander, und es schien mit jedem Augenblick schwieriger, einen Anfang zu finden. Sie war es schließlich, die das Schweigen brach.

»Du bist etwas dicker geworden.«

»Kann sein.«

»Und heller im Gesicht.«

»So sagt man.«

Ich gab mir alle erdenkliche Mühe, freundlich und gesprächig zu sein, aber es wollte mir nicht gelingen; ich war wie auf den Mund gefallen, wie von einem Gewicht erdrückt, das mir die Luft nahm, aber ich erinnere mich an dieses Gefühl als eines der angenehmsten meines Lebens, ein Gefühl, das zu verlieren mich mit am meisten schmerzt.

»Wie ist die Gegend dort?«

»Häßlich.«

Sie war nachdenklich. Wer weiß, woran sie dachte.

»Hast du viel an Lola gedacht?«

»Manchmal. Warum es leugnen? Weil ich den ganzen Tag nachdenken konnte, habe ich mich an alles erinnert, sogar an den Estirao.«

Esperanza war etwas blaß. »Ich bin wirklich froh, daß du zurück bist.«

»Ja, Esperanza, ich freue mich, daß du auf mich gewartet hast.«

»Daß ich auf dich gewartet habe?«

»Ja, oder hast du das etwa nicht?«

»Wer hat dir das gesagt?«

»Du siehst, es kommt alles an den Tag.«

Ihre Stimme zitterte, und das Zittern steckte mich an. »War es Rosario?«

»Ja, siehst du darin etwas Schlechtes?«

»Nein, nichts.« Tränen traten ihr in die Augen. »Was wirst du von mir gedacht haben?«

»Was sollte ich wohl denken? Nichts.«

Ich näherte mich ihr sachte, küßte ihre Hände. Sie ließ es geschehen.

»Ich bin ebenso frei wie du, Esperanza.«

»So frei wie damals, als ich zwanzig Jahre alt war.«

Esperanza sah mich scheu an.

»Ich bin noch nicht alt, muß ans Leben denken.«

»Ja.«

»Daran, meine Arbeit, mein Haus, mein Leben zu ordnen... Hast du wirklich auf mich gewartet?«

»Ja.«

»Und warum sagst du es mir dann nicht?«

»Ich habe es dir doch gesagt.«

Das stimmte, sie hatte es mir schon gesagt. Aber ich wollte es noch einmal, immer wieder hören.

»Bitte, sag es noch einmal.«

Esperanza war wie eine Pfefferschote so rot geworden. Ihre Stimme klang wie abgehackt, und ihre Lippen und Nasenflügel zitterten wie Blätter im Wind, wie der Flaum des Distelfinken, der sich in der Sonne aufplustert.

»Ich habe auf dich gewartet, Pascual, jeden Tag darum gebetet, daß du bald zurückkehren mögest. Gott hat mich erhört.«

»Das ist wahr.«

Ich küßte wieder ihre Hände. Ich war gehemmt, wagte es nicht, sie auf den Mund zu küssen.

»Willst du... willst du...?«

»Ja.«

»Weißt du denn, was ich sagen wollte?«

»Ja, sprich nicht weiter.«

Sie war mit einemmal strahlend wie der junge Tag.

»Küß mich, Pascual...« Ihre Stimme bekam einen anderen Klang, verschleierte sich, wurde dunkel. »Lange genug habe ich auf dich gewartet!«

Ich küßte sie heiß und fest, mit einer Liebe und Achtung, wie ich sie nie einer Frau gegenüber gekannt habe, und so lange, daß in mir die tiefste Zuneigung aufgeblüht war, als ich meinen Mund von dem ihren löste.

19

Wir waren bereits zwei Monate verheiratet, als es mir klar wurde, daß meine Mutter wieder die gleichen schlechten Angewohnheiten und dieselben Listen an den Tag legte wie zu der Zeit, bevor man mich einsperrte. Das Blut kochte mir bei ihrem Spiel, bei ihrer mißtrauischen und schroffen Haltung, ihrer verletzenden und stets vorsätzlich boshaften Rede, bei dem Ton, den sie mir gegenüber anschlug, diesem Falsett, das so falsch war wie ihre ganze Person. Mit meiner Frau fand sie sich ab – was blieb ihr anderes übrig –, aber sie konnte sie nicht ausstehen und machte aus ihrer Abneigung so wenig Hehl, daß die Esperanza mich eines Tages, als ihr die Galle überlief, vor die Wahl stellte in einer solchen Weise, daß ich einsehen mußte, es werde nichts anderes übrigbleiben, als Erde zwischen meine Mutter und mich zu bringen. Die Erde zwischen sich bringen sagt man, wenn zwei sich trennen und in zwei verschiedene Dörfer ziehen, aber genau betrachtet konnte man diesen Ausdruck auch gebrauchen, wenn man von der Erde spricht, auf der der eine geht und unter der, zwanzig Fuß tiefer, der andere schläft...

Der Gedanke an eine Auswanderung ging mir immer wieder durch den Kopf; ich dachte an La Coruña, an Madrid oder auch näher in Richtung der Provinzhauptstadt, aber ich schob die Entscheidung immer wieder auf, wer weiß, ob aus Feigheit oder aus Mangel an Entschlußkraft; und als ich dann endlich aufbrach, wollte ich nur noch allein, mit niemand anderem und nur mit meiner eigenen Erinnerung Erde zwischen sie und mich bringen... Die Erde, die nicht groß genug war, um meiner Schuld zu entfliehen... Die Erde, die nicht lang genug und nicht breit genug war, als daß sie vor dem Schrei meines Gewissens verstummt wäre...

Ich wollte Erde zwischen meinen Schatten und mich selbst bringen, zwischen meinen Namen, meine Erinnerung und mich, zwischen meine Haut und mein eigenes Ich, dieses Ich, von dem so wenig übrigbleiben würde, nähme man ihm den Schatten, die Erinnerung, den Namen, die Haut...

Es gibt Augenblicke, in denen es besser ist, sich wie einen Toten auszulöschen, plötzlich, wie von der Erde verschlungen, zu verschwinden, in Nichts sich aufzulösen wie eine Rauchfahne. Augenblicke, die man nicht fassen kann, die uns aber in Engel verwandeln würden, könnte man sie fassen; die es uns ersparen würden, uns weiter in Verbrechen und Sünde zu verstricken, die uns vom Ballast vergifteten Fleisches befreien würden, dessen wir uns, ich versichere es Ihnen, um keinen Preis erinnern würden, solch Grauen flößt es uns ein, wenn nicht jemand ständig dafür sorgte, daß wir diesem Fleisch nicht entrinnen können, daß jemand immer wieder die Glut anfachte, um den Atem unserer Seele zu vergiften. Nichts ist so unerträglich, nichts so ekelhaft wie der Aussatz, den böses Geschehen im Gewissen hinterläßt, und wie der Schmerz darüber, daß wir vom Bösen nicht loskommen, während wir von Geburt an im Grab der toten Hoffnungen faulen, das seit Urzeiten unser trauriges Leben ist.

Wie alle bösen Vorstellungen kommt auch die an den Tod leise wie ein Wolf, wie eine Schlange angeschlichen. Die Gedanken, die uns aus dem Gleis werfen, kommen nie plötzlich; das Plötzliche raubt uns zwar einige Augenblicke des Bewußtseins, läßt uns dann aber noch lange Lebensjahre. Die Gedanken jedoch, die uns in den Wahnsinn treiben, in die schlimmste Art von Wahnsinn, die Traurigkeit, kommen immer nach und nach, ohne daß man es merkt, so wie sich der Nebel über die

Felder legt oder die Schwindsucht auf die Lunge. Das Verhängnis schreitet fort, unaufhaltsam, aber langsam, sachte und stetig wie der Pulsschlag. Heute bemerken wir es noch nicht, vielleicht auch weder morgen noch übermorgen, noch während eines ganzen Monats. Aber der Monat geht vorbei, das Essen schmeckt uns bitter, und die Erinnerung schmerzt; dann sind wir bereits angesteckt. Tage und Nächte vergehen, und wir werden menschenscheu, einsiedlerisch; in unserem Kopf entstehen die Gedanken, die uns den Kopf kosten werden, in dem sie ausgebrütet wurden, vielleicht damit er nicht weiterhin so fürchterliche Dinge denkt. Möglicherweise vergehen Wochen, ohne daß wir uns verändern; die um uns sind, haben sich schon an unser mürrisches Wesen gewöhnt und wundern sich nicht mehr über unser seltsames Gebaren. Aber eines Tages wächst das Böse wie die Bäume und nimmt ganz von uns Besitz, und wir grüßen die Menschen nicht mehr; sie finden uns merkwürdig und halten uns für verliebt. Wir werden mager und immer magerer und unser struppiger Bart immer welker. Jetzt beginnen wir den Haß, der uns tötet, zu spüren; wir vertragen keinen Blick mehr; das Gewissen quält uns, aber sei's drum, soll es doch! Die Augen brennen, die sich mit giftigem Wasser füllen, wenn wir irgend etwas angestrengt anblicken. Der Feind weiß um unser Trachten; aber er ist zuversichtlich; der Instinkt trügt nicht. Das Unheil ist guter Dinge, bietet uns sichere Zuflucht, und wir machen uns ein Vergnügen daraus, die zartesten Gefühlsregungen über den ungeheuren Scherbenhaufen zu zerren, zu dem unsere Seele schon geworden ist. Wenn wir scheu werden wie die Rehe, wenn uns ein leises Geräusch aus dem Schlaf aufschreckt, dann sind wir ganz dem Bösen verfallen, dann gibt es keine Rettung mehr, keinen Ausweg. Wir beginnen schwindelnd zu fallen und werden uns nie wieder im Leben erheben. Vielleicht, daß wir uns in der letzten Stunde noch ein wenig aufrichten, bevor wir kopfüber in die Hölle stürzen ... Schlimm steht es um uns.

Während sich in mir das Böse vermehrte wie die Fliegen um ein Aas, fühlte meine Mutter eine außerordentliche Befriedigung, wenn sie mich reizen konnte. Die Galle, die sie hinunterschluckte, vergiftete mein Herz, und mir kamen damals so grauenhafte Gedanken, daß ich vor mir selbst erschrak. Ich wollte meine Mutter nicht mehr sehen; die Tage gingen gleichmäßig dahin; der Schmerz in meinem Innern wühlte weiter, und die Vorzeichen des Sturmes verdunkelten mir den Blick.

Als ich mich endlich entschloß, das Messer zu gebrauchen, war ich so niedergeschlagen und doch so sicher, daß das Übel mit Blut ausgelöscht werden müsse, daß der Gedanke an den Tod meiner Mutter meinen Puls nicht beschleunigte. Das Verhängnis war unvermeidlich, mußte kommen und kam. Ich würde es heraufbeschwören und konnte, selbst wenn ich wollte, es nicht verhindern, denn es erschien mir undenkbar, meine Ansicht zu ändern, den Weg nicht zu Ende zu gehen und das zu vermeiden, wofür ich heute meine Hand hergeben würde, um es ungeschehen zu machen. Damals aber war es mir ein Vergnügen, die Tat mit mindestens der gleichen Berechnung und Überlegung durchzuführen, mit der ein Bauer an seine Weizenfelder denkt.

Alles war gut vorbereitet; nächtelang brachte ich damit zu, immer über die gleichen Dinge nachzudenken, Mut zu fassen, Kräfte zu sammeln; ich schärfte das Messer mit der langen und breiten Klinge, die wie ein Maisblatt aussah und in der Mitte eine feine Rille hatte, und dem Perlmuttergriff, der ihm etwas Herausforderndes gab. Es mußte nur noch der Tag bestimmt werden und dann nicht mehr fackeln, nicht mehr zurückblicken, bis zum Ende gehen, koste es, was es wolle, die Ruhe bewahren... und dann zustechen, ohne Seelenqual zustechen, schnell, und dann fliehen, weit weg fliehen, nach La Coruña, dorthin fliehen, wo niemand etwas wußte, wo ich in Frieden leben und darauf warten konnte, daß alles vergessen wurde, und das Vergessen würde mich zurückkehren lassen, um mein Leben von neuem zu beginnen.

Mein Gewissen würde mich nicht quälen, es gäbe keinen Anlaß dafür. Das Gewissen regt sich nur, wenn man Ungerechtigkeiten begeht, ein Kind verprügelt, auf eine Schwalbe schießt... Aber eine Tat, zu der uns der Haß treibt, zu der wir wie im Schlaf durch einen Gedanken getrieben werden, von dem wir besessen sind, braucht man nicht zu bereuen, da regt sich das Gewissen nicht.

Es war der 10. Februar 1922. Er fiel in jenem Jahr auf einen Freitag, dieser 10. Februar. Das Wetter war klar, wie es sich für diese Zeit gehört, die Sonne schien strahlend vom Himmel, und ich meine, an jenem Tage mehr Kinder denn je auf dem Dorfplatz beim Murmelspiel oder beim Würfeln gesehen zu haben. Immer wieder kehrten meine Gedanken zum Dorfplatz zurück, aber es gelang mir, mich zu überwinden; es wäre unmöglich gewesen, umzukehren, verhängnisvoll, hätte mich in den Tod getrieben, vielleicht sogar in den Selbstmord. Man hätte mich eines schönen Tages auf dem Grund des Guadiana oder unter den Rädern eines Zuges gefunden... Nein, ich durfte meinen Plan nicht aufgeben, mußte ihn durchführen, mußte weitergehen bis zum bitteren Ende. Mein Selbstbewußtsein stand jetzt auf dem Spiel.

Irgend etwas an mir mußte meiner Frau aufgefallen sein.

»Was hast du vor?«

»Nichts. Warum?«

»Ich weiß nicht. Irgendwie wirkst du seltsam.«

»Ach, Quatsch.«

Ich küßte sie, um sie zu beruhigen; es war der letzte Kuß, den ich ihr gab. Doch wie hätte ich das damals ahnen können! Das Wissen darum hätte mich erschaudern lassen.

»Warum küßt du mich?«

Ich erstarrte zu Stein. »Warum soll ich dich nicht küssen?«

Ihre Worte gaben mir zu denken. Sie schien zu ahnen, was geschehen würde, als wäre ich den Weg schon zu Ende gegangen.

Die Sonne ging, wie alle Tage, an der gleichen Stelle unter. Es wurde Nacht... wir aßen... sie gingen zu Bett... Ich blieb wie immer zurück, stocherte in der Glut des Herdes herum. Schon lange war ich nicht mehr zu Martinete in die Taverne gegangen.

Der rechte Augenblick war gekommen, die Gelegenheit, auf die ich so lange gewartet hatte. Es hieß also, sich ein Herz fassen und alles rasch zu Ende zu führen, so rasch wie möglich. Die Nacht ist kurz, und alles mußte in dieser Nacht vorbei sein, denn der Morgen sollte mich schon meilenweit vom Dorf entfernt finden.

Ich lauschte eine ganze Weile. Nichts war zu hören. Ich ging in das Zimmer meiner Frau; sie schlief, und ich ließ sie ruhig schlafen. Gewiß würde auch meine Mutter fest schlafen. Ich kehrte in die Küche zurück und zog die Schuhe aus; der Fußboden war kalt und die Steinchen drückten gegen meine Fußsohle. Ich zog das Messer aus der Scheide, das in der Herdflamme wie die Sonne glänzte.

Dort lag sie, unter der Bettdecke ausgestreckt, das Gesicht in das Kissen gedrückt. Ich brauchte mich nur auf sie zu werfen und sie zu erstechen. Sie würde sich nicht rühren, keinen Laut von sich geben, denn dazu würde ich ihr keine Zeit lassen... Nur noch eine Armlänge trennte mich von ihr; sie schlief und ahnte nichts von dem, was ihr bevorstand. Nie ahnen die Opfer etwas von ihrem Schicksal! Ich wollte mich entscheiden, aber es gelang mir nicht; schon hatte ich den Arm erhoben, doch nur, um ihn kraftlos wieder sinken zu lassen.

Ich dachte daran, die Augen zu schließen und zuzustechen. Aber das durfte nicht sein; blindlings zuzustechen, heißt ins Leere stechen... Ich mußte mit offenen Augen darangehen und alle meine Sinne bei der Sache haben. Es hieß, die Geistesgegenwart zu bewahren, sie wiederzugewinnen, die ich angesichts meiner schlafenden Mutter zu verlieren begann... Die Zeit verstrich, während ich weiter dort stand, still und unbeweglich wie eine Statue, und nicht die Kraft zum Entschluß fand. Ich wagte es nicht; sie war doch schließlich meine Mutter, die Frau, die mich geboren hatte, und der ich schon deswegen vergeben mußte... Nein, vergeben konnte ich ihr nicht, weil sie mich geboren hatte. Damit hatte sie mir keinen Gefallen getan, daß sie mich zur Welt gebracht hatte, nicht den geringsten Gefallen... Es war keine Zeit mehr zu verlieren. Es mußte ein Entschluß gefaßt werden. Schließlich stand ich wie ein Schlafwandler vor ihr, mit dem Messer in der Hand; das Ebenbild des Verbrechens... Ich versuchte, mich zu überwinden, meine Kräfte wiederzufinden, mich zu konzentrieren. Glühend wünschte ich, die Sache bald und rasch zu beenden und dann davonzulaufen, bis ich irgendwo erschöpft niederfiel, ganz gleich wo. Ich war der Erschöpfung nahe; eine Stunde bereits stand ich neben ihr, als wachte ich über sie, als behütete ich ihren Schlaf, und war doch zu ihr gegangen, um sie zu töten, sie aus dem Weg zu räumen, ihrem Leben mit Messerstichen ein Ende zu setzen.

Eine weitere Stunde war schon fast verronnen. Nein, nein! Ich brachte es nicht fertig, es ging über meine Kräfte, wühlte mich zutiefst auf. Ich dachte daran, zu fliehen. Doch hätte ich vielleicht dabei ein Geräusch gemacht, sie wäre erwacht, hätte mich erkannt. Nein, an Flucht war nicht zu denken; ich ging unrettbar meinem Verderben entgegen... Es gab keine andere Lösung, als endlich zuzustechen, erbarmungslos zuzustechen, sofort, um so schnell wie möglich zum Ende zu kommen. Aber ich vermochte nicht zuzustechen... Es war, als steckte ich in einem Sumpf, in dem ich versank, langsam und allmählich, unabwendbar, rettungslos. Schon reichte mir der Schlamm bis an die Kehle. Ich würde sterben, ertränkt wie eine Katze... Ich war einfach nicht in der Lage zu töten, war wie gelähmt.

Ich wandte mich zum Gehen. Der Boden knarrte. Meine Mutter rührte sich im Bett.

»Wer ist da?«

Jetzt gab es tatsächlich keinen anderen Weg mehr. Ich stürzte mich auf sie und hielt sie fest. Sie versuchte, sich mit aller Kraft loszureißen, entwand sich mir... Einen Augenblick hielt sie mich sogar fest um den Hals geklammert. Sie schrie wie eine Verdammte. Wir rangen miteinander. Es war der fürchterlichste Kampf, den Sie sich vorstellen können. Wir heulten wie die wilden Tiere, Geifer trat mir aus dem Mund... Als ich mich umwandte, sah ich meine Frau in der Tür, blaß wie der Tod; sie wagte nicht einzutreten. In der Hand hielt sie eine Kerze, bei deren Licht ich das Gesicht meiner Mutter sehen konnte, blutig wie das Gewand des Nazareners... Wir kämpften weiter. Meine Kleider waren zerrissen, die Brust frei. Die Kräfte des Teufels steckten in der zum Tode Verurteilten. Ich mußte all meine Manneskraft aufbieten, um sie zu überwältigen. Fünfzehnmal wohl hatte ich sie gepackt und ebenso oft entwand sie sich mir wieder. Sie kratzte, trat mit den Füßen, schlug mit den Fäusten, biß mich. Plötzlich hatte sie meine linke Brustwarze im Munde und biß sie ab.

Das war der Augenblick, in dem ich ihr das Messer in die Gurgel stoßen konnte...

Das Blut schoß heraus, spritzte mir ins Gesicht. Es war warm wie ein Bauch und schmeckte wie das Blut der Lämmer.

Ich ließ sie los und stürzte hinaus. An der Tür stieß ich mit meiner Frau zusammen; die Kerze verlöschte. Ich nahm den Weg über die Felder und rannte, rannte ohne auszuruhen, stundenlang. Die Felder strömten frische Kühle aus, und ein Gefühl der Erleichterung rann mir durch die Adern.

Ich konnte wieder atmen...

Schlußbemerkung des Herausgebers

Soweit die von Pascual Duarte handgeschriebenen Blätter. So sehr ich mich auch bemühte, habe ich nicht herausfinden können, ob sie ihn nach der letzten Zeile gleich mit der Garrotte erdrosselten, oder ob er noch Zeit fand, mehr von seinen Taten niederzuschreiben, und diese Seiten verlorengegangen sind.

Der Doktor Benigno Bonilla, der Eigentümer der Apotheke in Almendralejo, wo ich – wie ich schon sagte – das oben Wiedergegebene fand, hat meine Suche nach Möglichkeit unterstützt. Ich habe die Apotheke umgekrempelt wie einen Strumpf, habe in den Porzellanbüchsen nachgesehen, hinter den Flaschen, auf und unter den Schränken, im Fach, in dem das doppelkohlensaure Natron aufbewahrt wird… Ich lernte eine Menge schöner Namen kennen – Salbe des Sohnes von Zacharias, des Ochsenhirten und des Kutschers; Fisch- und Harzbalsam, Salbe von Schweinebrot und aus Lorbeeren, Salbe der Barmherzigkeit, und eine Salbe gegen das Ungeziefer, das die Schafe befällt –, *ich hustete, als ich an den Senf kam; der Baldrian machte mich aufstoßen, und beim Ammoniak tränten mir die Augen, aber so sehr ich auch suchte und trotz aller Vaterunser, die ich zum heiligen Antonius betete, damit er mich etwas finden ließe, scheint dieses Etwas nicht zu existieren, denn ich fand es nie.*

Dieses vollständige Fehlen von Einzelheiten aus den letzten Jahren Pascual Duartes ist höchst ärgerlich. Es scheint jedoch festzustehen, jedenfalls kann man sich das leicht ausrechnen, daß er wieder in das Zuchthaus nach Chinchilla gebracht wurde (seine eigenen Worte lassen diesen Schluß zu) und daß er dort bis 1935 oder vielleicht auch 1936 blieb. Es scheint völlig ausgeschlossen, daß er die Strafanstalt vor Beginn des Bürgerkrieges verließ. Es ist menschenunmöglich, irgend etwas über sein Tun und Lassen während der zwei Revolutionswochen herauszufinden, die über sein Dorf hinweggingen. Mit einer einzigen Ausnahme: der Ermordung des Herrn González de la Riva, eines Verbrechens, dessen er überführt wurde und zu dem er sich auch bekannte. Sonst wissen wir nichts, absolut nichts von ihm, und von seinem Verbrechen wissen wir nur, was auf der Hand liegt und nicht wieder gutzumachen ist, da Pascual sich rundheraus weigerte, auch nur ein Wort zu sagen, wenn er keine Lust dazu hatte – und das hatte er sehr selten –, wissen wir nichts über die Motive, die ihn zu der Tat veranlaßten. Vielleicht wäre er in seinen Erinnerungen auch auf diesen Punkt zu sprechen gekommen und hätte über ihn eingehend berichtet, wäre seine Hinrichtung noch ein wenig hinausgeschoben worden. Da es aber dazu nicht kam, ließe sich die Lücke, die am Schluß seiner Tage entstanden ist, nur mit Klatsch und leerem Geschwätz ausfüllen, eine Lösung, die der Wahrhaftigkeit dieses Buches nicht würdig ist.

Pascual Duarte muß seinen Brief an Don Joaquín etwa zu der Zeit geschrieben haben, als er die Kapitel XII und XIII verfaßte, denn nur diese beiden schrieb er mit roter Tinte, genau wie den Brief an den eben Genannten. Das beweist, daß Pascual seine Erzählung nicht, wie er behauptete, endgültig *einstellte, vielmehr schrieb er diesen Brief voll Berechnung, damit er zu gegebener Zeit seine Wirkung täte. Diese Vorsorge zeigt, daß Pascual nicht ganz so vergeßlich und auch nicht so dumm war, wie er im ersten Augenblick erscheinen mochte. Was mit Sicherheit feststeht, denn dafür verbürgt sich der Gendarmeriefeldwebel Cesáreo Martín, dem der Auftrag zuteil wurde, ist die Art und Weise, wie das Bündel Blätter aus dem Gefängnis von Badajoz in das Haus des Herrn Barrera in Mérida überstellt wurde.*

In meinem Bemühen, Pascuals letzte Augenblicke so weit wie möglich aufzuklären, schrieb ich einen Brief an Santiago Lurueña, dazumal Kaplan des Gefängnisses und heute Pfarrherr in Magacela (Badajoz), und an Cesáreo Martín, der damals zur Wachmannschaft des Gefängnisses von Badajoz gehörte und heute Leiter des Polizeipostens von La Vecilla (León) ist. Beide waren kraft ihres Amtes in unmittelbarer Nähe des Verbrechers, als er seine Schuld an die Justiz bezahlen mußte. Hier sind die Briefe:

Magacela (Badajoz), den 9. Januar 1942

Sehr geschätzter und hochverehrter Herr!
Ich erhalte in diesem Augenblick mit offensichtlicher Verspätung Ihren liebenswürdigen Brief vom 18. Dezember, zusammen mit den 359 Schreibmaschinenseiten, die die Erinnerungen des unglücklichen Duarte enthalten. David Freire Angulo, der augenblickliche Kaplan des Gefängnisses von Badajoz und mein Kamerad in jungen Jahren im Seminar von Salamanca, hat mir alles zugeschickt. Ich will mein Gewissen beruhigen und wenigstens diese Worte schreiben, da ich eben den Umschlag geöffnet habe. Die Fortsetzung darf ich mir für morgen, so Gott will, vorbehalten, um inzwischen Ihrer Anregung und meiner Neugier zu gehorchen und das Bündel Blätter zu lesen.

(Fortgesetzt am 10. Januar 1942)
Ich habe das Bekenntnis Duartes in einem Zuge durchgelesen, obschon, wie Herodot sagt, dies keine sehr vornehme Art zu lesen ist. Sie machen sich keine Vorstellung von dem tiefen Eindruck, den es in mir hinterlassen hat, von der tiefen Spur, der deutlichen Furche, die es in meine Seele grub. Für Ihren ergebenen Diener, der seine letzten Worte der Reue mit der gleichen Freude aufnahm, mit der ein Bauer die goldenen Ähren erntet, ist die Lektüre dessen, was dieser Mensch, den sich die meisten wohl als Untier vorstellen, auch ich hielt ihn für einen Unmenschen, als ich in seine Zelle gerufen wurde, niedergeschrieben hat, sehr eindrucksvoll. Doch konnte ich, als ich den Grund seiner Seele sah, feststellen, daß er nichts anderes als ein sanftmütiges Lamm war, das das Leben in die Enge getrieben und in Angst und Schrecken versetzt hatte.

Er war auf seinen Tod beispielhaft vorbereitet, und nur im letzten Augenblick verlor er ein wenig die Haltung, weil es ihm in diesem Moment an Mut mangelte. Darum mußte der Arme im Geiste das erleiden, was er sich erspart hätte, wäre er tapferer gewesen.

Er bereitete seine Seele mit solchem Eifer und solcher Ruhe vor, daß er mich in Erstaunen versetzte. Als dann der Augenblick kam, da man ihn auf den Hof führte, rief er vor uns allen laut aus: »Der Wille des Herrn geschehe!« Uns alle verwunderte seine ergebene Demut. Bedauerlich bleibt, daß das Böse ihm in den letzten Augenblicken die Fassung raubte, man hätte sonst seinen Tod für den eines Heiligen halten können. Er war für alle, die wir dabeiwaren, bis zu dem Augenblick, da er – wie ich schon sagte – die Beherrschung verlor, beispielhaft. Und aus allem, was ich sah, konnte ich für mein Seelsorgeamt nur gute Lehren ziehen. Möge Gott ihn in sein Reich aufgenommen haben!

Nehmen Sie, mein Herr, die Versicherung meiner Zuneigung entgegen mit dem Gruß

Ihres sehr ergebenen
S. Lurueña, Pfarrer

PS. Ich bedaure, Ihnen mit einer Photographie nicht dienen zu können, und weiß auch nicht, wie ich Ihnen in dieser Sache weiterhelfen könnte.

La Vecilla (León), den 12. Januar 1942

Sehr geehrter Herr!
Ich teile Ihnen hiermit den Empfang Ihres geschätzten Schreibens vom 18. Dezember mit und hoffe, daß Sie sich heute wie damals guter Gesundheit erfreuen. Mir persönlich geht es gut – Gott sei dafür gedankt –, obgleich ich in diesem Klima, das ich nicht einmal dem größten Verbrecher wünsche, steifer geworden bin als ein Pfahl. Ich beeile mich, Ihre Wünsche zu erfüllen, denn ich sehe keinen dienstlichen Grund, der es mir verbieten könnte. Gäbe es einen solchen, so müßten Sie mir verzeihen, ich dürfte dann kein Wort sagen. Jenes Pascual Duarte entsinne ich mich nur allzu gut, denn er war der berühmteste Gefangene, den wir seit langem zu bewachen hatten. Aber selbst, wenn man mir ein Eldorado verspräche, könnte ich nicht dafür bürgen, daß er ganz richtig im Kopf war. Er machte Sachen, die an seiner Krankheit keinen Zweifel ließen. Bevor er gebeichtet hatte, war alles in Ordnung; als er es aber zum ersten Mal getan hatte, müssen ihm wohl Skrupel und Gewissensbisse gekommen sein, die er durch selbstauferlegte Bußtaten sühnen wollte. Jeden-

falls aß der Unglückliche freiwillig an drei Tagen der Woche nicht einen Bissen; am Montag, weil er an einem Montag seine Mutter umgebracht, am Dienstag, weil er an einem Dienstag den Grafen Torremejía ermordet hatte, und am Mittwoch, weil an einem Mittwoch, ich weiß nicht wer, gestorben war. Dabei nahm er so rasch ab, daß ich dachte, es werde dem Henker nicht allzuviel Arbeit kosten, ihn zu erdrosseln. Der Unglückliche schrieb den ganzen Tag wie im Fieberwahn, und weil er niemanden störte, und außerdem der Direktor ein weiches Herz und uns befohlen hatte, ihn mit allem zu versorgen, was er brauchte, um weiterschreiben zu können, vertraute sich der Mann dem Papier an und ließ nicht einen Augenblick von seinem Vorhaben. Eines Tages rief er mich, zeigte mir einen Brief in einem offenen Umschlag (Sie können ihn lesen, wenn Sie wollen, sagte er zu mir), gerichtet an Don Joaquín Barrera López in Mérida und sagte in einem Ton, von dem ich heute noch nicht weiß, ob er bittend oder befehlend war: »Wenn man mich zur Richtstätte führt, so nehmen Sie diesen Brief, ordnen Sie auch ein wenig diesen Haufen Papier und geben Sie alles diesem Herrn. Verstehen Sie mich?« Und er fügte hinzu, während er mir fest in die Augen sah und in seinen Blick etwas Geheimnisvolles legte, daß es mich erschreckte: »Gott wird es Ihnen vergelten... denn ich werde ihn darum bitten.«

Ich tat, wie er mir sagte, denn ich sah nichts Schlechtes darin, außerdem habe ich die Wünsche der Toten immer geachtet.

Was nun seinen Tod angeht, so kann ich Ihnen nur sagen, daß er sich in nichts von dem anderer unterschied und genauso jämmerlich war. Denn wenn er auch anfänglich eine stolze Haltung an den Tag legte und vor aller Welt ausrief: »Der Wille des Herrn geschehe«, was uns ganz klein werden ließ, so vergaß er doch sehr bald, die Haltung zu wahren. Er verlor das Bewußtsein, als er die Richtstätte erblickte, und als er wieder zu sich kam, schrie er so laut, daß er nicht sterben wolle und daß ihm Unrecht geschähe, daß wir ihn bis zum Würgeisen schleifen mußten. Dort küßte er zum letzten Mal ein Kruzifix, das ihm der Pater Santiago hinhielt, der Gefängniskaplan und ein Heiliger. Dann beendete er sein Leben, speiend und mit den Füßen tretend, ohne Rücksicht auf die Umstehenden und in der gemeinsten und übelsten Weise, in der ein Mensch nur enden kann. Damit bewies er uns allen seine Angst vor dem Tod.

Ich bitte Sie, wenn es Ihnen möglich ist, mir statt eines Exemplares zwei zuzusenden, wenn sie gedruckt sind. Das zweite Exemplar ist für den Leutnant, der versprochen hat, Ihnen den Betrag nach Erhalt des Buches sofort zu überweisen, wenn es Ihnen recht ist.

Ich hoffe, hiermit Ihren Wünschen entsprochen zu haben und grüße Sie

Hochachtungsvoll
Ihr sehr ergebener
Cesáreo Martín

Ich habe Ihren Brief mit Verzögerung erhalten, und dies ist auch der Grund, daß zwischen Ihrem und meinem Schreiben soviel Zeit verstrichen ist. Er wurde mir von Badajoz nachgeschickt, und ich habe ihn hier am Sonnabend, den 10., also vorgestern erhalten. Leben Sie wohl.

Was könnte ich den Aussagen dieser beiden Männer wohl noch hinzusetzen?

Madrid 1942

Cela und sein »Pascual Duarte«

1.

Zwei Schlaglichter zu Beginn: 1953 schreibt der damals 37jährige Cela (in *Baraja de invenciones*, Valencia, S. 8): »Ich betrachte mich als den bedeutendsten Romancier seit 98, und es erschreckt mich fast, wenn ich daran denke, wie leicht ich es geworden bin. Ich bitte um Verzeihung, daß ich es nicht habe vermeiden können.«

1989, aus Anlaß der Nobelpreisverleihung, erscheint in *El País*, Spaniens bedeutendster Tageszeitung, eine ganzseitige Anzeige der Staatsbahn (RENFE), die mit einer übergroßen zweizeiligen Kopfleiste beginnt:

POR FIN,
COÑO.

Das ist nur ungenau und nicht halb so deftig zu verdeutschen, allenfalls mit: »Das war aber auch Zeit, verdammt noch mal!« Diesen Ausspruch soll Cela, der sich schon seit vielen Jahren für preiswürdig hielt und der im Vergabekomitee auch einen zuverlässigen Fürsprecher hatte (seinen schwedischen Übersetzer nämlich), getan haben, als er jenes Stockholmer Telex erhielt, das in die Mitte der Anzeige kopiert ist. Links unten steht, Vertraulichkeit zwischen dem mächtigen Staatsunternehmen und dem preisgekrönten Autor signalisierend, mit imperialem Gestus: »Der Nobel bist Du. Du hast die Welt erobert als guter Sohn Deines Vaterlandes. Glückwunsch, Camilo. Wenn Du in Stockholm ankommst, schreib uns!« Und rechts unten das Signet und der Schriftzug RENFE.

Die beiden Texte werfen zwar auch ein Licht auf die Entwicklung der Werbetechnik: 1953 das noch etwas unbeholfen wirkende Eigenlob. 1989 der professionell gestylte *joint venture* zwischen Staatsbahn und Dichter zwecks gegenseitiger Verkaufsförderung.

Die beiden Annoncen (denn der erste Text ist eigentlich auch eine) bezeugen aber zugleich drei hervorragende Eigenschaften der Person Cela: den nie erlahmenden Drang zu ungenierter Selbstdarstellung, den untrüglichen Instinkt für das im Augenblick Opportune und die zielsichere Orientierung am Gravitationsfeld der jeweiligen Macht. Gerade die zuletzt genannte Fähigkeit kam dem überaus ehrgeizigen Autor schon zu Beginn seiner Karriere zugute. Als Zensor von Periodica (1943–44), als Spitzel-Anwärter (1938) und als Protegé des seinerzeit mächtigen Presse- und Propagandachefs Juan Aparcicio war er – wie inzwischen aktenkundig ist – im Franco-Regime zumindest zeitweise wohlgelitten. Natürlich versucht Cela selbst – und möglicherweise mit einem gewissen Recht – die Bedeutung seiner in relativ jungen Jahren ausgeübten (oder angebotenen) Tätigkeiten herunterzuspielen; als »demócrata de toda la vida« kann man ihn allerdings nur unter Schwierigkeiten einordnen.

Kein Bilderbuch-Nobelpreisträger also, sondern ein schillernder, bestreitbarer und auch tatsächlich umstrittener. Umstritten ist auch seine literarische Produktion, seine neuere zumal. Viele meinen, hier sei ein Autor ausgezeichnet worden, dessen wirklich herausragende Leistungen (*La familia de Pascual Duarte* [1942] und *La Colmena* [1951]) schon über eine Generation zurückliegen. Selbst *Pascual Duarte* ist nicht unumstritten. Trotzdem ist sich die Kritik in einem Punkt weitgehend einig: der Text des 26jährigen rage aus dem Panorama der damaligen Erzählliteratur so auffällig hervor, daß ihm das literaturgeschichtliche Verdienst nicht abgesprochen werden könne, den spanischen Roman nach einer Epoche der erzwungenen Erstarrung gleichsam wieder zum Leben erweckt zu haben. Schauen wir uns den Text also etwas genauer an.

2.

Wenn man nur die Lebensgeschichte des Pascual Duarte betrachtet und den Inhalt des kleinen Romans zusammenfaßt, könnte man fast auf den Gedanken kommen (und manche Kritiker haben ihn recht einseitig verfolgt), es handle sich um einen sozialkritischen Text, ja um einen frühen Fall von Zeugnisroman (*novela testimonial*): Der Unterschichtler Pascual erzählt rückwirkend sein verfehltes Leben; von der ärmlichen Kindheit in einem Dorf der Extremadura bis zu seinem jetzigen Verbleib, der Todeszelle des Gefängnisses von Chinchilla, wo er auf seine Hinrichtung wegen mehrfachen Mordes wartet. Man erfährt manches über die Lebensumstände in diesem gottverlassenen Teil des Landes; und alles, was man vernimmt, steht in krassem Gegensatz zum seinerzeit offiziell erwünschten Bild familiärer wie staatlicher Eintracht und Größe: Die »Schulbildung« führt Pascual kaum aus dem Analphabetentum heraus; der ewige Zank zwischen den streit- und trunksüchtigen Eltern läßt ihn und die Geschwister ohne Zuneigung heranwachsen; die Kinder verwahrlosen zusehends; die Schwester versucht dem ländlichen Elend durch Prostitution in der Stadt zu entgehen. Pascual wird wortkarg und verschlossen, unfähig (und unwillig), Gefühle auszudrücken, die er dennoch hat, geschweige denn Vernunftgründe gelten zu lassen, mit denen er nie vertraut gemacht worden ist. Seine Mentalität – manches in *Pascual Duarte* erinnert an Lorcas ländliche Dramen – wird vielmehr geprägt von den Imperativen der *honra*, des *machismo* und der *violencia*. Pascual ist an sich kein schlechter Mensch; er ist auch nicht unsensibel; aber da es ihm als Programm des Verhaltens gleichsam eingeschrieben worden ist, Gefühle als unmännlich zu unterdrücken, gegenüber Frauen herrisch, wenn nötig auch gewalttätig zu sein, die Mannesehre über alles zu stellen und die Tat, auch wenn es die Untat ist, als die beste Ratio anzusehen, handelt er entsprechend. Gegebenenfalls befördert er diejenigen, die sein Ehrgefühl verletzt haben, sogar vom Leben in den Tod. Gewiß handelt Pascual Duarte bisweilen auch unmotiviert (etwa bei der unerklärlichen Erschießung seines Hundes), meist aber ist direkt oder indirekt der ebenso archaische wie verschrobene Ehrenkodex im Spiel: Den Vater läßt er wie einen tollen Hund verrekken, weil er ihn wegen der Unfähigkeit verachtet, die »Reinheit« der fremdgehenden Mutter zu garantieren; den Zuhälter Estirao bringt er um, weil er die Schwester »entehrt« hat. Und die verhaßte Mutter tötet er, weil sie ihn von Kind an nicht geliebt, aber auch weil sie ihn als Mann nicht genügend »respektiert« hat. Mit dem Eingeständnis ebendieser, im spanischen Kontext erst recht ungeheuerlichen Tabudurchbrechung eines Muttermordes endet Pascuals Bericht, wobei der Ausdruck der Erleichterung, ja der Befreiung, der ihn begleitet, nur um so herausfordernder wirkt. Erstaunlicherweise befindet sich Pascual (wie man erst später erfährt) nicht wegen *dieser* Tat in der Todeszelle.

Wenn man den Text *so* zusammenfaßt, hat man ihn gewiß nicht falsch resümiert. Aber man hat ihn nur einseitig erfaßt. *La familia de Pascual Duarte* ist nämlich keineswegs so ernst und so problematisch, wie es die reine Inhaltsangabe glauben machen könnte. Der Text ist vielmehr über die Maßen zweideutig, schillernd auch er, und schaut ganz anders aus, wenn man nach dem »Einerseits« der Thematik nun auch das »Andererseits« der Form berücksichtigt.

Andererseits bedient sich Cela in *Pascual Duarte* nämlich des in Spanien so beliebten Schemas der *Novela Picaresca*. Gewiß kann man auch Spuren der populären *Literatura de Cordel*, der moritatenhaften Mord- und Sensationsgeschichten, der Kolportageliteratur also, erkennen. Aber das Vorbild des Schelmenromans ist das bestimmende. Das kann man an verschiedenen Merkmalen ablesen: Es wird in der Ichform erzählt; Pascuals Erinnerungen sind als Lebensbeichte stilisiert; der »Held« wird so eingeführt, daß sich der Bericht über seine Abstammung (Geburtsort und Vorfahren) wie eine burleske Verformung entsprechender Passagen in der heroischen Literatur liest; parodistisch und schelmenromantypisch ist auch die Rückschau vom Standpunkt eines (mißglückten) Angekommenseins: hier von der Zelle des Todeskandidaten aus (statt vom sicheren Port des wirklich arrivierten Memoirenschreibers).

Darüber hinaus ist der Einfluß des Schelmenromans aber auch daran zu sehen, daß selbst Hochnotpeinliches im *Pascual Duarte* ziemlich leichthin zur Sprache gebracht wird. Wie Lazarillo de Tormes schildert Pascual Duarte seine Taten nicht – oder nicht nur – in der Attitüde verbissener Selbstbezichtigung, sondern scheinbar naiv und mit einer gewissen Heiterkeit. Es ist freilich – und auch das ist für den Schelmenroman kennzeichnend – nie genau auszumachen, von wem der Ton des Unernstes eigentlich ausgeht: vom fiktiven Erzähler – dem ungebildeten Pascual Duarte – oder vom tatsächlichen Erzähler – dem Bescheid wissenden Camilo José Cela. Die Uneindeutigkeit, man könnte auch sagen: die ironisch wirkende Zweideutigkeit in der Erzählweise des Textes – bald moralisch, bald zynisch; bald volkstümlich, bald gebildet, und immer so, daß man nicht weiß, wer für das Gesagte letztlich verantwortlich ist – machte jedenfalls schon immer einen besonderen Reiz der Gattung aus. Diese Ambiguität, auch das scheinbar mühelose Ineinander von umgangssprachlicher und literarischer Mitteilungsform, unterscheidet den Roman Celas nicht zuletzt in sprachlicher Hinsicht ganz entschieden von den eindeutigen, zweifelsfrei moralischen und stilistisch steiferen Produktionen seiner unmittelbaren Vorgänger.

Die Uneindeutigkeit ist bei Cela allerdings ausgesprochen schockierend. Das war in den Schelmenromanen des 16./17. Jahrhunderts nicht so, jedenfalls nicht so ausgeprägt. Dort waren die Vergehen des Picaro in aller Regel Gaunereien, meist Beutelschneidereien unterschiedlichen Kalibers, Betrugsdelikte also; keine Kapitalverbrechen, so daß zwischen der Natur der Tat und dem Stil ihrer erzählerischen Darbietung kein schroffer Gegensatz bestand. Bei Cela hingegen resultiert aus dem Widerspruch zwischen den wirklichen Untaten und ihrer gleichsam gutgelaunten Vermittlung eine eigene Form des schwarzen Humors, der *tremendismo*, der das Schreckliche in einer Weise ästhetisiert, die manchem Betrachter als nicht mehr zulässig erscheint. Den Gipfel solchen *tremendismo* stellen nicht allein die detailliert und detachiert erzählten Todesfälle dar, sondern etwa auch die ebenso wohlgemute wie rätselhafte Widmung der Beichtmemoiren an Don Jesús González de la Riva, Pascuals letztes, erst im Schlußrahmen identifiziertes Opfer (wobei Umstände und Natur der Tat im dunkeln bleiben, wohl aber insinuiert wird, daß erst sie Pascual wieder ins

Gefängnis und letztlich auf den Hinrichtungsstuhl gebracht hat): *Dem vortrefflichen Edelmann Don Jesús González de la Riva, Graf von Torremejía, gewidmet, der den Verfasser dieser Blätter Pascualillo nannte und lächelte, als dieser kam, um ihn zu töten.*

Freilich ist auch der *tremendismo* – wenngleich unter anderem Namen – ein Phänomen, das es in der spanischen Literatur und Kunst lange vor Cela gab, das also auch seinerseits eine Tradition hat. Man denke nur an Quevedos schauerlich-grotesken Schelmenroman *La Vida del Buscón*, an die *Caprichos* von Goya und an die *Esperpentos* von Valle Inclán.

3.

Dennoch: wenn man bedenkt, wie scharf die Zensur in den vierziger Jahren durchgriff und wie Staat und Kirche mit Argusaugen darüber wachten, daß der Orthodoxie und den guten Sitten nicht zuwidergehandelt und -geschrieben wurde, muß man sich immer wieder wundern, daß dieser Text die Schranken passieren durfte. Allerdings wird das Wunder etwas verständlicher, wenn man bedenkt, mit welchem Geschick ihm nachgeholfen wurde.

Natürlich war da, zunächst, auch die hohe Gönnerschaft im Spiel, auf die Cela sichtlich bauen konnte. Ein Blick auf die frühe Rezeptionsgeschichte beweist das. Die Kritiken in der *Prensa del movimiento*, in der Parteipresse also, sind durchweg zustimmend. Die Kirche hingegen verhielt sich von vornherein kritisch, ja ablehnend, so daß es vermutlich ihrem Einfluß zuzuschreiben ist, daß die zweite Auflage von 1943 verboten wurde und beschlagnahmt werden sollte. Aber auch hier wurde Cela von unterrichteter Seite so rechtzeitig vorgewarnt, daß er den gesamten Bestand beiseite schaffen konnte. Nachdem die dritte Auflage 1945 in Buenos Aires erschienen war, konnte das Buch ab der vierten, 1946 erfolgten Auflage wieder ungehindert in Spanien vertrieben werden. Übrigens war *Pascual Duarte* anfänglich mehr ein Kritiker- als ein Publikumserfolg. Erst später ist das Buch zu dem geworden, was es heute ist: ein Klassiker der spanischen Gegenwartsliteratur.

Wichtiger als die Hilfe von außen aber war Celas eigene Kunst, das Anstößige – mit Freud zu sprechen – so zu »ermäßigen«, daß der Text auch von sich aus möglichen Einwendungen Rechnung tragen konnte.

In diesem Sinne war natürlich schon die Verwendung der Schelmenromanform selbst eine wichtige Maßnahme, und dies aus mehreren Gründen: da die *Novela Picaresca* durch die Tradition gleichsam geheiligt war, konnte auch die Zweideutigkeit, die für diese Gattung typisch ist, dem Autor nicht persönlich zur Last gelegt werden. Darüber hinaus schafft die Stilisierung der picaresken Memoiren zur Lebensbeichte mannigfaltige (und von Pascual/Camilo auch reichlich genutzte) Gelegenheiten, der etablierten Moral die gebührende Reverenz zu erweisen. Und schließlich ermöglicht es der heitere Grundton des Schelmenromans, die im Prinzip durchaus ernstzunehmenden Einblicke in Lebensumstände und Mentalität des zurückgebliebenen Nachkriegsspaniens gehörig zu mildern, ja in gewisser Weise zu entwirklichen: Man lese z. B. im zweiten Kapitel die groteske Beschreibung von Vater und Mutter, in der aus zwei zunächst ganz realistisch eingeführten und verorteten Alltagsgestalten mittels eines glänzenden Quevedo-Pastiches (Dómine Cabra läßt grüßen!) am Ende eine surrealistische Karikatur gemacht wird.

»Ermäßigend« wirkt aber auch die raffinierte Rahmenkonstruktion, die den an sich reichlich anstößigen Memoirenteil normativ »abpuffert«, und zwar ganz im Sinne der 1942 herrschenden Erwartungen. Auch hier greift Cela wieder auf traditionelle, im inquisitorischen Spanien seit langem erprobte Verfahren, oder besser Vorsichtsmaßregeln, zurück: Der Lebensbeichte von Pascual Duarte wird allerhand vorausgeschickt – zunächst eine »Nota del transcriptor«, in der vorgespiegelt ist, der auf dem Buchdeckel stehende Verfasser sei lediglich der Kopist eines ihm durch Zufall zugespielten Manuskripts, das er nur unter stärksten Bedenken, nicht ohne einschneidende Eingriffe (Cela als sein eigener Zensor!) und allein in der Hoffnung an die Öffentlichkeit gebe, daß es dort als abschreckendes Beispiel, gleichsam als heilsamer Schock fungiere. Dem folgt ein – auf den 15.2.37 datierter – Brief Pascuals, mit dem er sein Manuskript aus dem Gefängnis an Don Joaquín Barrera López schickt, einen Freund des schon erwähnten (und mit der Widmung bedachten) Don Jesús González de la Riva. Hier wird der Bericht Pascuals als »pública confesión« eingeführt, die u.a. auch die Verzeihung des ermordeten Don Jesús erwirken soll. Gleichzeitig wird den (1937 in Extremadura bereits franquistischen!) Justizbehörden von Pascual selbst bescheinigt, nur seine Hinrichtung könne die Gesellschaft vor weiteren Untaten des immer wieder rückfällig Gewordenen bewahren. Schließlich wird noch eine Klausel aus dem Testament des inzwischen verstorbenen Barrera López abgedruckt, in dem dieser das sittengefährdende Manuskript »eigentlich« dem Feuer überantwortete, »es sei denn«, das Paket bleibe 18 Monate unentdeckt, nach deren Ablauf es dem Finder – also dem Kopisten! – freistehe, damit nach Belieben zu verfahren. Erst dann folgen Pascuals durch die bewußte Widmung eingeleitete Erinnerungen.

Nach deren Beendigung werden die »Umrahmungsarbeiten« noch einmal aufgenommen. Außer den Zeugenaussagen des Gefängnisgeistlichen und eines Angehörigen der Guardia Civil, die bei der Hinrichtung Pascuals zugegen waren, findet sich dort eine weitere ausführliche Anmerkung des Kopisten. Sie berichtet nicht nur von den Umwegen, die das Manuskript genommen hat, bevor es 1939 in die »richtigen« Hände kam. Sie bringt vielmehr – was wichtiger ist – den Leser auch auf die Spur eines (für den Schelmenroman atypischen und von der Kritik entsprechend unterschätzten) chronologischen Kalküls, das seinerseits entscheidend zur weiteren Entschärfung und Entaktualisierung der skandalösen Geschichte beiträgt. Aus diesem Kalkül (und aus gelegentlichen Hinweisen Pascuals) geht hervor, daß dessen Aufzeichnungen in der Tat keineswegs gegenwartsnah sind, da die in ihnen berichteten Verbrechen zum Teil schon Jahrzehnte zurückliegen: Danach wurde Pascual »vor 55 Jahren«, also 1882 geboren, womit klar ist, daß Kindheit und Jugend des späteren Missetäters in eine Zeit fallen, die vom faschistischen Regime als »überwunden« eingestuft wurde. Der Mord an Estirao fällt ungefähr in das Jahr 1914. Die 28jährige Gefängnisstrafe wird nach drei Jahren erlassen, offensichtlich weil es um einen Ehrenhandel gegangen war, der die Zubilligung mildernder Umstände rechtfertigte. Der Mord an der Mutter wird von Pascual selbst im letzten Kapitel seiner Erinnerungen auf den 10. Februar 1922 datiert. Dies bedeutet, daß über die letzten, der Gegenwart unmittelbar vorangehenden 15 Jahre seines Lebens eine veritable Memoiren- oder Gedächtnislücke klafft, die auch durch die angestrengtesten Nachforschungen des Kopisten angeblich nicht auszufüllen war.

Mit anderen Worten: Der Autor will sich an der Gegenwart nicht die Finger verbrennen. Immerhin erfährt man aus der zweiten Anmerkung des Kopisten, daß Pascual 1935 (also wohl aufgrund einer der umstrittenen Amnestien der Republik) oder in den Wirren des 1936 beginnenden Bürgerkrieges trotz Muttermordes noch einmal freikam. Und auch wenn der Kopist vorgibt, über die Ereignisse von 1936 nichts zu wissen, gibt er doch zu erkennen, daß der Mord an Don Jesús just in diese Zeit fiel. Alles, was man über Pascuals Leben nach dem 10.2.22 noch erfährt oder insinuiert bekommt, einschließlich seiner 1937 erfolgten Hinrichtung (zu einer Zeit, als die »glorreiche nationale Erhebung« in Extremadura schon gesiegt hatte), ist also durchaus dazu angetan, den Erwartungen der Machthaber entgegenzukommen: Die Entlassung des Muttermörders und die Ermöglichung eines weiteren Tötungsdeliktes (an einem Mann aus dem Honoratiorenstand) ist der Republik bzw. »den Roten« anzulasten, seine Hinrichtung und die Wiederherstellung der Ordnung dem siegreichen Faschismus zu danken. Welch wohlriechende Verpackung für einen anrüchigen Inhalt!

Daß Celas *Familia de Pascual Duarte* – wie wir jetzt gesehen haben – moralisch zwar »bedenklich«, politisch aber durchaus konformistisch und im übrigen geradezu glorreich uneindeutig war, wurde 33 Jahre später – 1975, im Todesjahr des Caudillo also – in der Verfilmung von Juan Franco noch einmal eindrucksvoll bestätigt. Denn diese Verfilmung zeichnete sich gerade dadurch aus (hatte eben darin aber auch ihr wirkungsästhetisches Defizit), daß in ihr alles vereindeutigt wurde, was im literarischen Text in der Schwebe blieb: Hier erst wurde die bei Cela nur fragmentarisch wiedergegebene Vita Pascuals zu einer zusammenhängenden Biographie sozialen

Elends konkretisiert, wurden die im Text offengelassenen Lücken – also gerade die aktuellen historischen Bezüge zur Zweiten Republik und zum Bürgerkrieg – gewissenhaft geschlossen und wurden auch die Beziehungen zwischen Pascual und Don Jesús mit einer »wahrscheinlichen« lebensgeschichtlichen Motivation versehen. Danach wurde der als Großgrundbesitzer auftretende, ebenso paternalistisch wie launisch regierende Dorfkazike das Opfer sozialer Animosität. Erst damit ist das Leben Pascuals zu jenem Paradigma eines engagiert linken demokratischen Geschichtsverständnisses geworden, das manche Interpreten schon im literarischen Text angelegt glaubten, während Cela selbst ihn doch nach Kräften zu entpolitisieren suchte. Es ist allerdings für den listenreichen Don Camilo sehr bezeichnend, daß er dem Regisseur (wohlbemerkt: 1975) ausdrücklich bestätigte, er habe ihn »im Grunde« ganz richtig verstanden!

4.

Alles in allem: *La familia de Pascual Duarte* ist ein zwielichtiger Text. Darin liegt aber auch sein eigentümlicher Reiz und sein wahres Interesse. Einerseits ist er provozierend, andererseits einlenkend; einerseits *Novela Picaresca* und *Esperpento*, unernst also; andererseits auf dem Weg zur Sozial- und Mentalitätsgeschichte, also zur kritischen Bestandsaufnahme dessen, was das »Ewige Spanien« war. Man würde Cela sicher auch unrecht tun, wenn man das Schwankende und Unentschiedene seines Diskurses allein seinem gewiß ausgeprägten Opportunismus zuschriebe. Die Zwielichtigkeit von *La familia de Pascual Duarte* ist, über die bewußte Intention und über das der persönlichen Verantwortung Zurechenbare hinaus, vielmehr auch eine Folge der objektiven Bedingungen, unter denen die literarische Produktion seinerzeit stand: Der Geist war tatsächlich gezwungen, sich der herrschenden Gewalt zu beugen; um so schöner, wenn er sich nicht bedingungslos ergab! Aber behaupten konnte er sich nur dadurch, daß er lavierte. Den Zwängen der Zensur, die Celas Text zutiefst mit geprägt haben, konnten und durften sich bis weit in die sechziger Jahre hinein auch andere Autoren nicht entziehen, wenn sie denn eine Chance haben wollten, überhaupt noch zu Wort zu kommen. Der Diskurs der Zensur – ein Diskurs der Verstellung und der aufgezwungenen Vieldeutigkeit – ist in vielen Texten der Epoche anzutreffen, und jedenfalls in allen, die dem Regime nicht gewogen waren. Ob Cela selbst *doch* zu diesen geheimen Oppositionellen gehörte, kann man sicher bezweifeln. Daß er, inmitten der offiziell verordneten Friedhofsruhe, ein freches Lebenszeichen setzen wollte, ist wahrscheinlicher. Wirklich zu klären sind solche Zweifel allerdings nicht. Dazu ist der Text zu vieldeutig und der Autor in seinen Äußerungen zu geschickt. Wohlwissend, daß genau diese Ungewißheit dem Buch seine andauernde Wirkung sichert.

Wie dem auch sei: Insofern *La familia de Pascual Duarte* einer der ersten Romane war, der sich der offiziellen Sprachregelung wenigstens teilweise entzog und mit den herrschenden Normen und Zwängen ein vieldeutiges Spiel trieb, ist es durchaus gerechtfertigt, ihm eine wichtige Rolle bei der Wiederbelebung der spanischen Literatur nach dem Ende des schrecklichen Bürgerkrieges zuzuerkennen. Es ist nur schade, daß durch das überhelle Licht, das von vornherein nur auf Cela gelenkt wurde, der Eindruck, ja der Mythos entstehen konnte, ihm – und nur ihm – sei eine Art Urknall der spanischen Nachkriegsliteratur zu danken. Dies ist gewiß nicht der Fall.

Andere, in Deutschland nicht oder noch kaum bekannte Autoren seiner Generation sind nicht weniger bedeutend als er. Und ob *vor* seinem »Coup« wirklich *alles* so unerheblich war, ist noch keineswegs ausgemacht. Es fehlt an einer umfassenden und vor allem vorurteilsfreien Untersuchung über das geistige Leben in den ersten Jahren der Francodiktatur. Vielleicht auch deshalb, weil die Theorie vom Urknall (»enfin Cela vint...«) sie überflüssig zu machen schien. Aber es ist schön, daß *La familia de Pascual Duarte*, zweifellos ein Schlüsseltext der spanischen Gegenwartsliteratur, in unserer Sprache wieder zur Verfügung steht.

Saarbrücken, Februar 1990 Hans-Jörg Neuschäfer

Inhalt

Vorwort des Herausgebers 5
Ein Brief, der das Manuskript ankündigt 7
Klausel aus dem eigenhändig niedergeschriebenen Testament des Joaquín Barrera López 10
Das Manuskript 13
Schlußbemerkung des Herausgebers 137

Cela und sein »Pascual Duarte« 145

Camilo José Cela

Der Bienenkorb

Roman. Aus dem Spanischen von Gerda Theile-Bruhns.
274 Seiten. Serie Piper 782

»In Celas Roman spricht der Mensch selbst und – nahezu – er allein. Dieser Erzähler ist ein Meister der Tonfälle, er versteht es virtuos, sein dreihundertköpfiges Personal zum Reden zu bringen.« Frankfurter Allgemeine Zeitung

Mrs. Caldwell spricht mit ihrem Sohn

Roman. Aus dem Spanischen von Gerda Theile-Bruhns.
227 Seiten. Serie Piper 970

Geschichten ohne Liebe

Aus dem Spanischen von Rainer Specht.
150 Seiten mit 32 Farbillustrationen von Pablo Picasso.
Serie Piper 1249

Ein Vagabund im Dienste Spaniens

Herausgegeben und ausgewählt von Ricardo Bada.
Aus dem Spanischen von George Leisewitz.
Mit einem Nachwort von H.-J. Neuschäfer.
235 Seiten mit 13 Abbildungen. Leinen